超级五笔训练营

五笔字型边学边打

——5天突破30字/分钟

双色版

五笔教学研究组　编著

机械工业出版社
CHINA MACHINE PRESS

本书是在总结了多位五笔字型教学者教学经验的基础上编写而成的，书中内容和章节的安排都是通过教学实践优化整理出来的。本书通过图解和实例全面、系统、循序渐进地讲述了五笔字型输入法及相关内容，并提供有针对性的训练素材，可使学习者达到最佳学习效果。实践证明，大多数学员应用这种学习方式和练习方法，五天即可达到每分钟输入30字，再通过两天的文章输入练习即可达到每分钟输入60字。

本书是专为想学五笔字型输入法，而又不知从何学起的用户编写的，可作为五笔字型初学者的自学用书，也可作为五笔字型培训教材。

随书附赠多媒体教学光盘及字根键盘贴。

图书在版编目（CIP）数据

五笔字型边学边打——5天突破30字/分钟：双色版/五笔教学研究组编著．—2版．—北京：机械工业出版社，2010.10

（超级五笔训练营）

ISBN 978－7－111－31927－6

Ⅰ．①五…　Ⅱ．①五…　Ⅲ．①汉字编码，五笔字型－输入　Ⅳ．①TP391.14

中国版本图书馆CIP数据核字（2010）第185623号

机械工业出版社（北京市百万庄大街22号　邮政编码100037）

责任编辑：孙　业

责任印制：杨　曦

北京中兴印刷有限公司印刷

2010年10月第2版·第1次印刷

184mm×260mm·7印张·170千字

0 001—5 000册

标准书号：ISBN 978-7-111-31927-6

ISBN 978-7-89451-682-4（光盘）

定价：19.80元（含1CD＋字根键盘贴）

凡购本书，如有缺页、倒页、脱页，由本社发行部调换

电话服务

社服务中心：(010)88361066

销售一部：(010)68326294

销售二部：(010)88379649

读者服务部：(010)68993821

网络服务

门户网：http://www.cmpbook.com

教材网：http://www.cmpedu.com

前　言

电脑是目前各行各业必不可少的助手之一，因此，输入速度也成为对各从业人员的要求之一。五笔字型输入法以其输入速度快、重码少等优点成为学习的首选。五笔字型输入法虽然输入文字的速度快，但由于其需要记忆的东西比较多，如果学习不得章法，也会走很多弯路，更有可能产生厌学心理，从而半途而废。

本书是一本指导读者学习五笔字型输入法的培训类书籍，通过图解和实例全面、系统、循序渐进地讲述了五笔字型输入法及相关内容，在学习过程中初学者容易犯的错误书中都以“注意事项”的形式适时指出，避免读者走弯路。书中还穿插了编者从多年教学经验中总结出来的学习和练习技巧，并提供有针对性的训练素材，可使学习者达到最佳学习效果。实践证明，大多数学员应用这种学习方式和练习方法，五天即可达到每分钟输入30字，再通过两天的文章输入练习即可达到每分钟输入60字。

学习本书后如果想使打字速度再上一个台阶可以用下面的方法训练（注意一定要按照下面的顺序练习）。

（1）用半天时间把5个单笔和25个键名汉字打熟。

（2）用1天时间把所有的成字根打熟，一定要达到眼到手指到的效果，否则需要增加练习时间。

（3）用1天半时间把所有的二级简码字打熟，一定要达到眼到手指到的效果，否则需要增加练习时间。

（4）选100个左右的词组练1天，要打得烂熟。

（5）把一级简码打熟，一级简码要最后才练。

（6）用2天时间，每次选100字左右的短文打20遍以上，要打得烂熟。

至此，就可以任意拿文章用五笔字型输入了，一般能达到100~150字/分钟。

本书编者均为从事电脑基础教育多年的教师或专业的电脑操作人员。本书由郭浩主持编写，参加编写的人员还有杜吉祥、陈雨、孙丹阳、李强、李森、

熊小红、蒋治江、马军龙、沈光文、李研、陈恺、李湘辉。

由于编者经验有限，加之时间仓促，书中难免会有疏漏和不足之处，请广大读者批评指正。

五笔教学研究组

目　　录

第 1 天 没基础的先练熟指法

键盘是人与电脑沟通的主要手段之一，是向电脑书写内容的“笔”。除了输入功能外，键盘还可以实现对电脑其他方面的操作和控制。因此，了解和熟悉键盘不仅是初学者能够熟练掌握输入法的关键，也是使用电脑的基础。

目前市面上最常见的键盘是 104 键和 107 键的，后者只是比前者多了〈Power〉、〈Sleep〉和〈Wake up〉3 个功能键。下面以 104 键盘为例，介绍键盘的组成及各部分的功能。

1.1 键盘介绍

大家可能觉得键盘上的按键分布没有规律，其实键盘的这种布局是人们根据键盘上的键使用次数的多少排列出来的。键盘如图 1-1 所示，可以分为 4 个区：主键盘区、功能键区、辅助键区及数字键区。

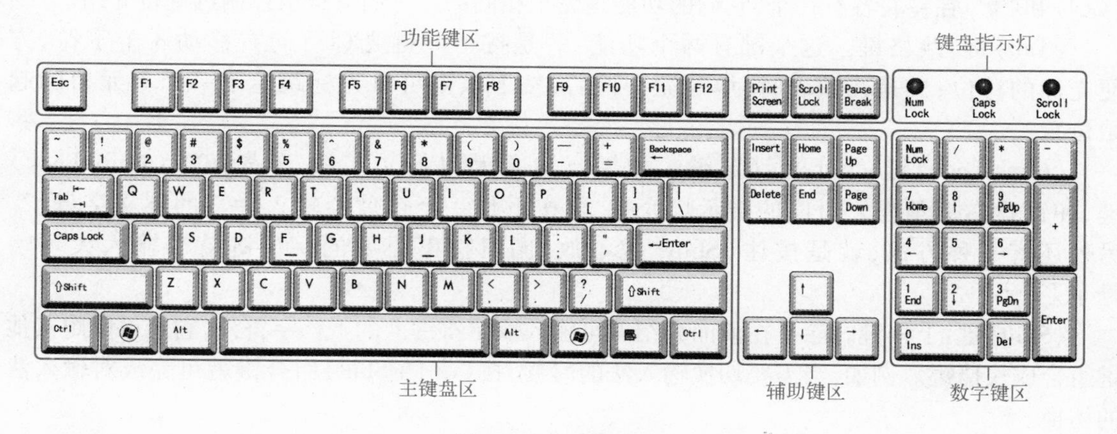

图 1-1　键盘及分区

1. 主键盘区

位于键盘左下方最大的一个区就是主键盘区。主键盘区是键数最多的一个区，包括 47 个打字键和 14 个功能键，如图 1-2 所示。这个区域是用来输入文字和符号的。

(1) 打字键

打字键位于主键区的中间，共 47 个，包括字母键、符号键和数字键。

图1-2　主键盘区

字母键：在主键盘区内共有26个字母键，键面上分别标有英文的大写字母。但是在英文输入状态下，单击任一个键都会向电脑输入其对应的小写字母。

数字和符号键：数字和符号键共有21个，其中包括0～9这10个数字键、标点符号和运算符号等。

在这21个键中每个键都有上下两个数字或符号，这组键被称为双字符键。双字符键上边的字符称为上档字符，下面的字符称为下档字符。例如，“@”和“2”在同一个键上，“@”被称为该键的上档字符，“2”就被称为下档字符了。

双字符键的输入方法很简单，如果要输入下档字符，只要敲击该双字符键即可；要输入上档字符，则需要按住〈Shift〉键不放，再敲击双字符键。例如，敲击〈2〉键即可输入“2”，按住〈Shift〉再击〈2〉键就输入上档字符“@”了。

(2) 控制键

控制键位于主键盘的两侧，共14个。其中，为了操作时双手使用方便，〈Shift〉、〈Alt〉、〈Ctrl〉和〈⊞〉在左右各有一个，它们的功能是完全相同的。下面对这组控制键进行介绍。

〈Tab〉键：跳格键。这个键有两个功能：一是按下此键光标可向右移动8个字符，方便光标的移位；二是在填表时，填写完一栏后，按下该键可将光标跳至下一个单元格的起始位置。

〈Caps Lock〉键：大小写锁定键。如果要输入大写英文字母，事先按下〈Caps Lock〉键，使键盘右上角与之对应的指示灯变亮，再按下任一个键就会输入大写的英文字母了。另外还有一种方法，就是按住〈Shift〉键不放，同时按下需要的字母键就会输入大写字母了。

〈Shift〉键：上档键。除了在前面介绍的可输入双字符键上的上档字符外，它还可以跟其他键组合成快捷键。例如，当需要切换输入法的时候，按〈Ctrl + Shift〉组合键就可完成对输入法的切换。

〈Ctrl〉键：控制键。〈Ctrl〉键也是一个比较常用的组合键，可根据需要和习惯自行设定。例如，在文字编辑时，〈Ctrl + A〉组合键的功能是全选。很多软件菜单中的常用命令后都有快捷键提示，大多数是〈Ctrl〉键和字母键的组合。

〈⊞〉键：开始菜单键，也称Windows系统功能键。在任何情况下，敲击此键的功能就是弹出“开始”菜单。

〈Alt〉键：转换键，它也是通过与其他键的组合产生具有特殊作用的组合键。例如〈Alt + F4〉是关闭正在使用的窗口。在不同的工作环境和状态下，转换键的功能和作用各不相同，例

如，在文字处理软件中，按〈Alt〉键可激活软件的菜单栏。

空格键：空格键位于主键盘区最下方中间，它是所有键中最长的一个。它的作用是输入空格，按此键，光标向右移动一个字符，出现空格符。

〈▤〉键：快捷菜单键。在 Windows 操作系统中，按该键后会弹出相应的快捷菜单，其功能相当于鼠标右键。

〈Enter〉键：回车键。回车键是键盘中使用率最高的键之一，它的功能之一是在运行程序时，起“确定”的作用；另一个功能是在文字编辑过程中，使光标另起一行。

〈Backspace〉键：退格键，也称橡皮键。按此键使光标向后退一个字符位，即删除光标所在位置前的一个字符。

经过以上介绍，相信初学者应该已经了解了控制键的基本功能。但控制键大多是在不同的情况下有不同的状态和功能，和不同的键组合又有不同的作用，所以要求初学者在以后的键盘使用中不断地进行总结积累，最终能够灵活运用。

2. 功能键区

功能键区位于键盘上方，其中每个键的含义是由不同的软件定义的，在不同情况下，它们的作用也不一样，如图 1-3 所示。

图 1-3　功能键区

〈Esc〉键：取消键。常用来表示取消或中止某种操作。

〈F1〉~〈F12〉键：12 个键在不同的软件中有不同的作用。其中，〈F1〉键常常被用做帮助键。

〈Print Screen〉键：屏幕打印键。按该键可以打印屏幕上的内容。

经验之谈

按住〈Alt〉键再按屏幕打印键可复制当前正在使用窗口的图片。

〈Scroll Lock〉键：卷动锁定键。按该键可以让屏幕的内容不再翻动。

〈Pause Break〉键：暂停键。按该键可以暂停屏幕显示，与〈Ctrl〉键同时按下可终止程序执行。

3. 辅助键区

辅助键区有 10 个键，其中有 4 个键是光标移动键，如图 1-4 所示，它们的功能如下。

〈→〉键：光标右移键。按该键可让光标右移一个字符。

〈←〉键：光标左移键。按该键可让光标左移一个字符。

〈↑〉键：光标上移键。按该键可让光标上移一行。

〈↓〉键：光标下移键。按该键可让光标下移一行。

其余键的作用如下。

〈Insert〉键：插入键。按该键可进入插入状态。在插入状态下，输入的字符插进光标位置，

其余的字符顺序右移。再按一次该键，可以取消插入状态。

〈Delete〉键：删除键。按该键可以删除光标所在位置后的一个字符。

〈Home〉键：起始键。按该键可以使光标移到行首。

〈End〉键：终止键。按该键可以使光标移到行尾。

经验之谈

想要将光标移动到正在编辑的文件首，只要按住〈Ctrl〉键再按〈Home〉键就行了；而按住〈Ctrl〉键再按〈End〉键，光标将被移动到整篇文章的最后。

〈Page Up〉键：上翻键。按该键可以使屏幕上的内容向上翻一页。

〈Page Down〉键：下翻键。按该键可以使屏幕上的内容向下翻一页。

4. 数字键区

键盘最右边是数字键区，通常被称为“小键盘”，它包括17个键，如图1-5所示。数字键区主要是为方便输入数字和进行数学运算而设计的。位于键盘右上角的是3个状态指示灯。

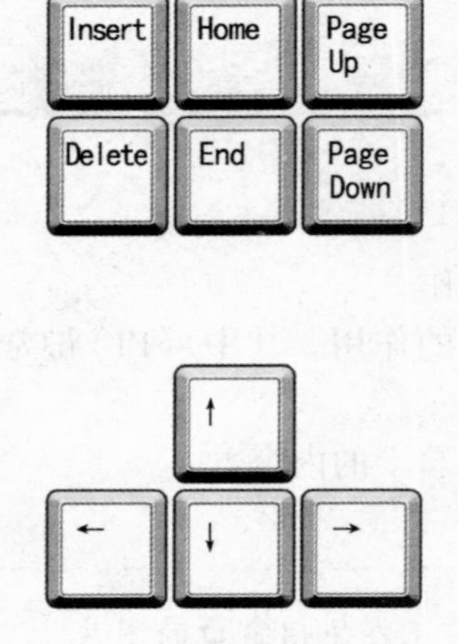

图1-4 辅助键区

图1-5 数字键区

在数字键区中，除了数字和运算符号外，还有〈Enter〉回车键和〈Num Lock〉数字锁定键。数字锁定键的默认状态是数字锁定状态，这时状态指示灯是亮着的，可直接通过数字键输入数字；当按下〈Num Lock〉键时，位于右上角的状态指示灯关闭，这时数字键盘处于光标控制状态，此时数字键区各键的下档所标的各项功能就可以使用了。数字键区在数字、财务等专门运算中比较常用。

1.2 正确的指法规则

经过以上介绍，读者已经对键盘有所了解，但这只是能进行中文输入的第一步。在进行中文输入之前，除了要把键盘各键的位置和功能记牢以外，还需要熟练地输入英文，实现盲打后，

才能开始结合五笔字型输入法快速地输入中文。

熟练掌握英文输入首先要从了解正确的姿势和指法规则开始，并按照一定的步骤进行练习，才能使指法操作得心应手。

1.2.1　正确的姿势

无论是长期从事与电脑有关工作的人员，还是刚开始接触电脑的初学者，保持正确的姿势是非常必要的。一方面它使人不易疲劳，有利于身体健康；另一方面它可以保证键盘输入的正确率和速度。正确的姿势包括正确的坐姿和正确的手部姿势。

1. 正确的坐姿

开始打字之前一定要端正坐姿。如果坐姿不正确，不但会影响打字速度，而且还很容易疲劳、出错。如果以打字为职业，姿势不对还会影响身心健康。所以，在开始学习打字之前一定要掌握正确的坐姿。请在开始打字之前根据以下几条检查自己，并仔细体会不同坐姿的不同感受。正确的坐姿如图 1-6 所示。

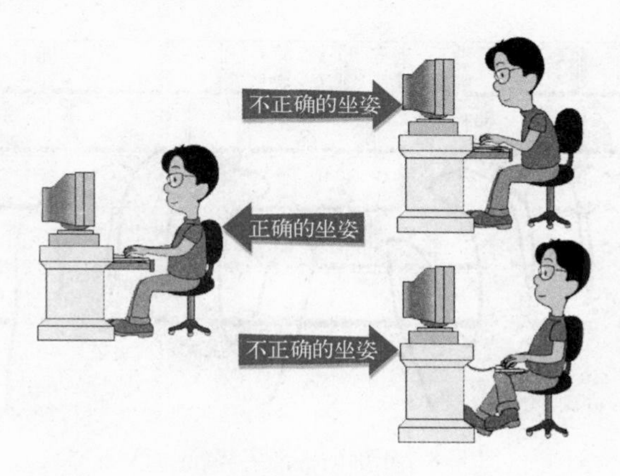

图 1-6　正确的坐姿

1）身体保持端正，两脚平放。桌椅的高度以双手可平放桌上为准，桌、椅间距离以手指能轻放在基本键位上为准。

2）两臂自然下垂，两肘贴于腋边。肘关节呈垂直弯曲，手腕平直，身体与打字桌的距离为 20 ~ 30 厘米。击键的速度主要来自手腕，所以手腕要下垂不可弓起。

3）打字教材或文稿放在键盘的左边，或用专用夹夹在显示器旁边。打字时眼观文稿，身体不要跟着倾斜，开始时一定不要养成看键盘输入的习惯，视线应专注于文稿和屏幕。

4）应默念文稿，不要出声。

5）文稿处要有充足的光线，这样眼睛不易疲劳。

2. 正确的手部姿势

要求大臂自然下垂，肘和腰部距离为 5 ~ 15 厘米；小臂则略向上倾斜，大臂与小臂的夹角略小于 90°；手腕保持平直，并与键盘下边框保持 1 厘米左右的距离；手指略弯，自然垂下，使手掌呈勺状；左手的食指、中指、无名指、小手指依次放在〈F〉、〈D〉、〈S〉、〈A〉这 4 个键上；右手的食指、中指、无名指、小手指依次放在〈J〉、〈K〉、〈L〉、〈;〉这4个键上；左右手的大拇指都要放在空格键上。正确的手部姿势如图1-7和图1-8所示。

开始练习时保持正确的姿势是很累的，但是只要习惯以后就可以让你免去得“电脑疲劳综合症”之忧了。

图1-7　正确的手部姿势(侧面)

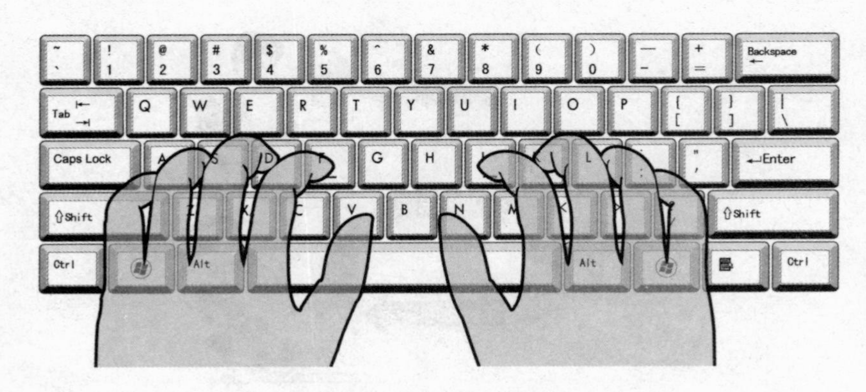

图1-8　正确的手部姿势(正面)

注意事项

正确的手部姿势要求“悬腕”，也就是手腕不能放在键盘上，而应与键盘保持一定的距离。这样才能保证手指能够在键盘上灵活的移动。

1.2.2　手指分工

学会了正确的姿势，就可以开始了解各个手指的具体分工了。指法规则就是指各手指在使用键盘时所应该摆放的正确位置和归它们所管辖的键位。

1. 手指的摆放位置

键盘中间的〈A〉、〈S〉、〈D〉、〈F〉、〈J〉、〈K〉、〈L〉和〈;〉这8个字符键叫做基本键。基本键是其他键的位置的参照键，即其他键位都是以它们为基准来记忆的。左手的食指放在〈F〉键

上，其他指头依次放在〈D〉、〈S〉、〈A〉键上，右手的食指放在〈J〉键上，其他指头依次放在〈K〉、〈L〉、〈;〉键上，如图1-9所示。

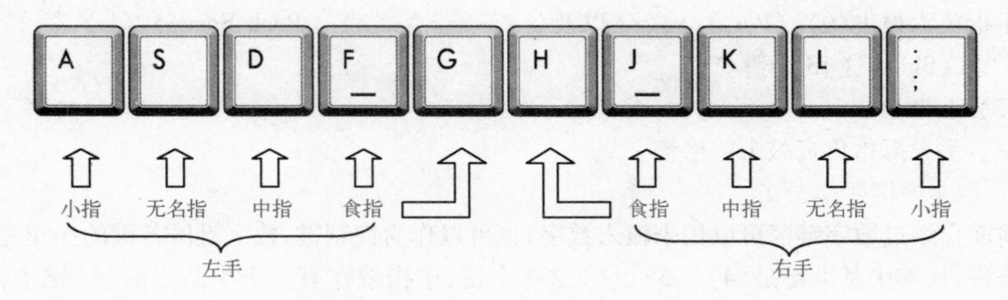

图1-9　手指与基准键的位置关系

图1-10　键盘上的〈F〉和〈J〉键

仔细观察键盘就会发现，在键盘上〈F〉和〈J〉两个键上各有一个凸出来的横线，这条横线的作用是为了让你能够方便地辨认自己手指的正确位置，如图1-10所示。

2. 主键盘手指分工

把键盘打字区按照右斜的方向划分为几个部分，每个手指负责管理其中的一部分，如图1-11所示。

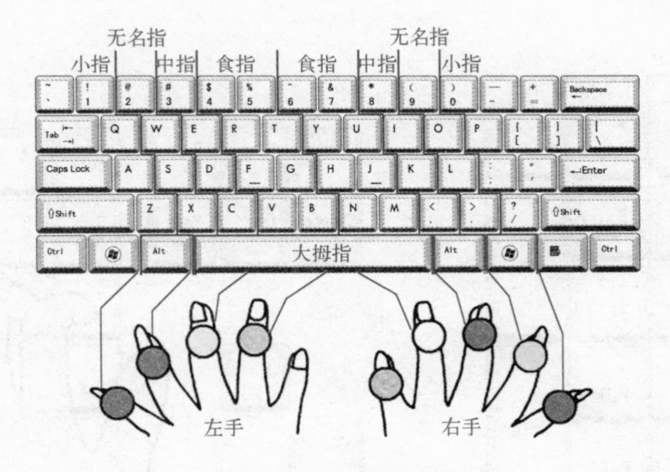

图1-11　手指分工图

手指的具体分工如下。

(1) *左手*

食指负责敲击〈4〉、〈R〉、〈F〉、〈V〉以及〈5〉、〈T〉、〈G〉、〈B〉这8个键。

中指负责敲击〈3〉、〈E〉、〈D〉、〈C〉这4个键。

无名指负责敲击〈2〉、〈W〉、〈S〉、〈X〉这4个键。

小指负责敲击〈1〉、〈Q〉、〈A〉、〈Z〉和〈`〉、〈Tab〉、〈Caps Lock〉、〈Shift〉这8个键。

(2) *右手*

食指负责敲击〈6〉、〈Y〉、〈H〉、〈N〉以及〈7〉、〈U〉、〈J〉、〈M〉这8个键。

中指负责敲击〈8〉、〈I〉、〈K〉、〈,〉这 4 个键。

无名指负责敲击〈9〉、〈O〉、〈L〉、〈.〉这 4 个键。

小指负责敲击〈0〉、〈P〉、〈;〉、〈/〉以及〈 - 〉、〈 = 〉、〈 \ 〉、〈Back Space〉、〈[〉、〈]〉、〈Enter〉、〈‘〉、〈Shift〉这 13 个键。

(3) 大拇指

左右手大拇指负责敲击空格键。

3. 数字键区手指分工

前面介绍过数字键区可以用来输入数字,也可以作为控制键,数字键区各键的操作完全由右手来进行,其中基准键是〈4〉、〈5〉、〈6〉这 3 个键,中指放在有一个小凸点的〈5〉键上,食指和无名指分别放在〈4〉和〈6〉键上。数字键区的手指分工如图 1-12 所示,基本指法如图 1-13 所示。数字键区适合于进行大量数字输入的专业人员,如银行职员、财会人员、售货员等。

在数字键区上输入数字时,应用右手单手去击键,具体的规则如下。

1) 手指的分工为:右手食指击〈4〉、〈7〉、〈1〉键,中指击〈5〉、〈8〉、〈2〉键,无名指击〈6〉、〈9〉、〈3〉键,小指负责击〈Enter〉、〈 + 〉、〈 - 〉键,大拇指击〈0〉键。

2) 手指放在数字键区的〈4〉、〈5〉、〈6〉键所在的一行上,即以这一行作为基准键。

3) 击键时,中指放在数字键〈5〉上,食指放在数字键〈4〉上,无名指放在数字键〈6〉上,小指放在〈 + 〉键上。

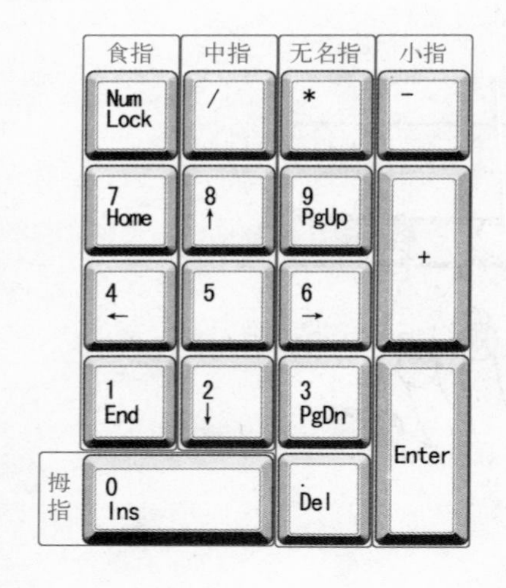

图 1-12 数字键区指法分工图

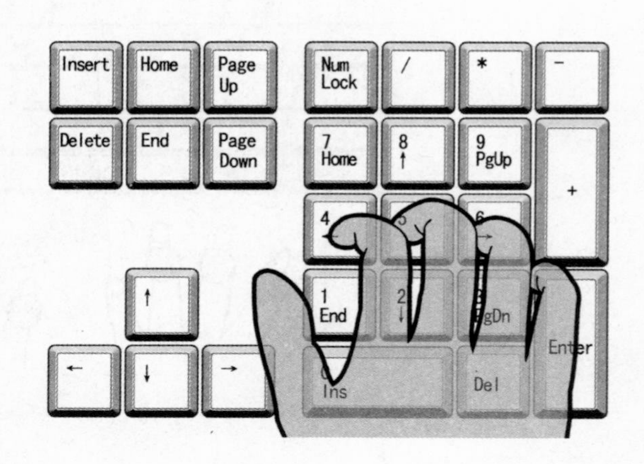

图 1-13 数字键区基本指法

1.2.3 指法要点

训练指法的要点主要是:首先,要掌握击键的技巧;其次,要牢记各手指的分工,严格按照规定负责自己的管辖区域去击键;第三,要熟记各字母键的位置。

1. 击键的技巧

1) 击键时,左右手 8 个手指轻放在位于键盘中部的 8 个基本键上,手指保持弯曲,稍微拱

起，指尖后的第一关节微成弧形，与键面成 45°，拇指靠近空格键。

2）手指击键要轻快、短促、有弹性，不要按键（击键时间过长），也不可用力过猛。

3）击键时，应用手指击键，而不是用手腕。

4）手掌不要向上或向下翘，手腕要放平，手指太平或太立都不正确，切忌留长指甲。

5）当我们不击键时，手指要自然放在基准键上。击键以后，手指要回到基本键上。

6）熟练以后，击键时双眼尽量看稿件，不要看键盘，实现“盲打”（不看键盘的击键）。

2. 牢记手指的分工

可以按照上边介绍的手指分工，把各手指负责的各个键都击一下。这样就可以边敲边记忆手指的分工了。

3. 熟记字母键的位置

除了可利用记忆手指分工的方法记忆字母外，还可以一排一排地击键，一列一列地击键，或者按照英文字母的顺序击键，记住字母键的位置，并观察每个字母键与基本键位的位置关系，这样也有助于练习盲打。

4. 手形和击键容易出现的错误

1）不是击键，而是按键，一直压到底，没有弹性，迟迟不起来。

2）腕部呆滞，不能与手指跳动配合，既影响手形，也不可能做到击键迅速、声音清脆。

3）击键时手指形态变形，手指翘起或向里勾，手形掌握不住是初学时常见的现象。

4）左手击键时，右手离开基本键，搁在键盘边框上。

5）将手腕搁在桌子上击键。打字必须悬腕，和书法练习有相近之处。

6）小指、无名指缺少力量，控制不住。

7）眼看键盘，打字动作没有节奏感。

1.3 指法练习

只有具备了正确的指法，才能在电脑学习的过程中达到事半功倍的效果，并在以后的文字输入及电脑操作中多方受益。从一开始练习指法就要养成良好的指法习惯，否则就会影响以后的熟练操作。

良好的指法习惯是在有意识的训练中建立起来的。在最初开始练习指法时，肯定会觉得手指不听使唤，尤其是平常不单独使用的小手指和无名指，这就需要全力以赴地加强手指协调能力的练习。本节将从基本的练习开始，逐步介绍手指协调能力的练习方法，以及如何最终实现盲打。

1.3.1 熟悉手指分工练习

只有熟练掌握手指分工才能快速、准确地进行输入。下面对手指分工做专项练习。

1. 左右手食指管辖键位的练习

这部分键包括：左手食指管辖的〈F〉、〈R〉、〈V〉、〈G〉、〈T〉、〈B〉、〈4〉、〈5〉键和右手食指管辖的〈J〉、〈U〉、〈M〉、〈H〉、〈Y〉、〈N〉、〈6〉、〈7〉键，如图 1-14 所示。

图 1-14　左右手食指管辖的键位

在练习时，原本放在基本键〈F〉上的左手食指只要向左上方稍微倾斜即可击到〈R〉键，其他上排键的练习方法与此相同。

针对训练

练习内容：食指管辖键练习。

练习方法：以下是食指管辖键的练习内容，请按照上图所示的位置关系与击键指法反复进行练习。

fjruvm　tfghfb　mjyrgf　bnyjfn　tybvhj　fgnmyb　jufvrn　hfhgty　vjhtru
nbvmgy　thrufj　vnghbm　jfhgyt　urjfmg　nvhbjg　mfnvhg　jbnmru　tyghfn
vmbjgn　fhtury　ghfnvm　bjghfu　ytmvnf　jrutyg　hfjvnf　bmfjur　ythfjb
nhgbvj　fmbnfj　ghtuyr　fjruty　ghfjvm　bnfjgh　fjghtu　rythgn　vmbjfh
guryty　turjfh　gnbmvj　fhgnbm　vjfury　thgmnv　nbjfuy　rjfhgu　rytmvn

因为左右手食指平时较常用，相对于其他手指也较为灵活，所以归它们管辖的键比别的手指要多一些。尽管食指比较灵活，但是指法练习也是必不可少的，因为食指还管辖着基准键。

2. 左右手中指管辖键位的练习

这部分键包括：左手中指管辖的〈D〉、〈E〉、〈C〉、〈3〉键和右手中指管辖的〈K〉、〈I〉、〈,〉、〈8〉键，如图 1-15 所示。

这些键可参照中指管辖的基本键〈D〉和〈K〉的位置进行练习。例如，左手中指管辖的上排〈E〉键和基本键〈D〉，在练习时，原本放在基本键〈D〉上的左手中指只要向左上方稍微倾斜即可击到〈E〉键，其他上排键的练习方法与此相同。

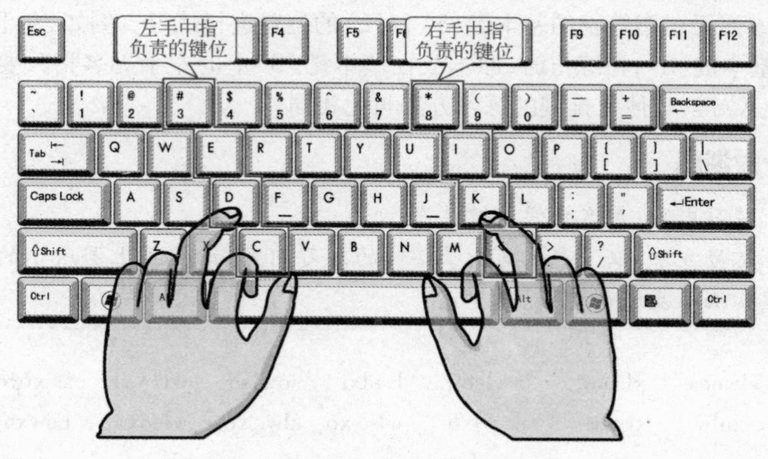

图 1-15　左右手中指管辖的键位

针对训练

练习内容：中指管辖键练习。

练习方法：以下是中指管辖键的练习内容，请按照上图所示的位置关系与击键指法反复进行练习。

ckidke	idke,c	kdiekd	iekc,d	keidke	,ckdie	kc,ckc	ididke	,ekcid
ke,cie	,edkci	e,cdie	k,cike	,kcid,	eekidk	e,cik,	ekdic,	dkeiei
dke,ck	die,ck	die,ck	die,ck	idie,ck	die,ck	die,ck	diekdi	eiekd,
ckdiek	d,ckdi	ek,edi	,ciekd	iekdie	k,ckdi	e,dkei	c,dkei	ekd,ck
diekd,	ekeid,	eedcik	,,d,ck	diekd,	ckdiek	dkdie,	ckdiek	c,dkie

3. 左右手无名指管辖键位的练习

这部分键包括：左手无名指管辖的〈S〉、〈W〉、〈X〉、〈2〉键和右手无名指管辖的〈L〉、〈O〉、〈.〉、〈9〉键，如图 1-16 所示。

图 1-16　左右手无名指管辖的键位

这些键可参照无名指管辖的基本键〈S〉和〈L〉的位置进行练习。例如,左手无名指管辖的下排〈X〉键和基本键〈S〉,在练习时,原本放在基本键〈S〉上的左手无名指只要向右下方稍微倾斜即可击到〈X〉键,其他下排键的练习方法与此相同。

针对训练

练习内容:无名指管辖键练习。

练习方法:以下是无名指管辖键的练习内容,请按照上图所示的位置关系与击键指法反复进行练习。

sowwoo slwoox xls. w. . wlsow l. slxl sowlso wlxowl s. xlwo slslw.
xloslw . xolw. slxowl s. wlxo wls. xo slw. xo wlsox. Lswxow lsowls
s. xlwo xxowl s. xlow ls. xlo swswow lx. sxo slwlow . xlsow lx. slw
lxowls . xlwos lslw. x loslw. xolw. s lxowls . wlxow ls. xos lw. xow
lsox. l swxowl sowlss . xlwox xowls. xlowls . xlosw swowlx . sxosl

4. 左右手小手指管辖键位的练习

这部分键包括:左手小手指管辖的〈A〉、〈Q〉、〈Z〉、〈1〉键和右手小手指管辖的〈P〉、〈;〉、〈/〉、〈0〉键,如图 1-17 所示。

图 1-17 左右手小手指管辖的键位

这些键可参照小手指管辖的基本键〈A〉和〈;〉的位置进行练习。例如,左手小手指管辖的下排〈Z〉键和基本键〈A〉在练习时,原本放在基本键〈A〉上的左手小手指只要向右下方稍微倾斜即可击到〈Z〉键,其他下排键的练习方法与此相同。

针对训练

练习内容:小手指管辖键练习。

练习方法:以下是小手指管辖键的练习内容,请按照上图所示的位置关系与击键指法反复进行练习。

/z;a;/q pz;a/q ;zpaq/ z;paq/ zpa;q/ zpa;q/ ;pzaqp ;/z;ap q;a/zp
q;azaq p;/a;q pz/a;q pz/aqp z;a/qp z;aqq/ z;ppa; z/apq; z/a;qp

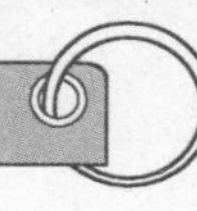

a;zpq;	a/zp;/	qazpaz	q;/paz	q;p/zp	qazp;/	a;qpz/	a;qpz/	aaqpz/
a;qpz/	a;qpz/	a;qpz/	a;qpz;	pqazp;/	qp;/;a	;qpz/a	pq;z/a	;qpa;q
/zaq;z	p;q/z;	apq/a;	zpq;ap	q;a/z;	apq;a/	z;apq/	a;aapq	q;a/z;

1.3.2 手指混合练习

键盘操作是一项使用技能,虽然有一定的技巧性,但也需要大量的上机练习。可以使用一些专用的练习软件(比如“金山打字通”或者“指法练习”等)进行练习。通过练习和测试,一定会使键盘操作水平得到提高。

1. 中排键的练习

(1) 基准键的练习

基准键是位于键盘中部的〈A〉、〈S〉、〈D〉、〈F〉、〈J〉、〈K〉、〈L〉和〈;〉这8个字符键。不击键时,手指要自然放在基准键上。因为所有键都是与基准键对应着来记忆的,所以熟悉基准键的位置非常重要。

针对训练

练习内容:基准键的练习。

练习方法:请按上面介绍的指法要点,输入以下字符(如果要换行,击回车键)。

aaa	sss	ddd	fff	jjj	kkk	lll	;;;
asdf	asdf	asdf	asdf	jkl;	jkl;	jkl;	jkl;
ass	ass	sdd	sdd	dff	dff	jkk	jkk
dklj	dkjl	dklj	dkjl	sdf;	sdf;	sdf;	sdf;

(2)〈G〉、〈H〉键与基准键的混合练习

〈G〉和〈H〉两个字符键被夹在8个基准键的中央。其中,〈G〉键归左手食指管;〈H〉键由右手食指管。

输入字符g时,用放在基准键〈F〉上的左手食指向右伸一个键位的距离击〈G〉键,击键结束后,手指立即收回,放在基准键上;输入字符h时,用放在基准键〈J〉上的右手食指向左伸一个键位的距离击〈H〉键,击键结束后,手指放回基准键。

针对训练

练习内容:〈G〉、〈H〉键与基准键的混合练习。

练习方法:请按上面介绍的指法要点,输入以下字符(如果要换行,击回车键)。

fghj fghj fghj fghj jhgf jhgf jhgf jhgf
hjgf hjgf hjgf hjgf gfhj gfhj gfhj gfhj
ghfj ghfj ghfj ghfj fjgh fjgh fjgh fjgh
fgkl fgkl fgkl fgkl hjds hjds hjds hjds

2. 上排键的练习

键盘上排的字符键有〈Q〉、〈W〉、〈E〉、〈R〉、〈T〉、〈Y〉、〈U〉、〈I〉、〈O〉和〈P〉，我们将它们分组进行练习。

(1)〈T〉和〈Y〉键的练习

这两个键位于键盘的上排，输入字符 t 时，用左手食指击〈T〉键。输入的方法是：左手食指向右上方偏一个键位，伸出击〈T〉键，然后迅速返回到基准键〈F〉上。

输入字符 y 时，用右手食指击〈Y〉键，输入的方法是：右手食指向左上方偏一个键位，伸出击〈Y〉键，然后迅速返回到基准键〈J〉上。

针对训练

练习内容：〈T〉和〈Y〉键的练习。

练习方法：请按上面介绍的指法要点，输入以下字符（如果要换行，击回车键）。

klyt klyt klyt klyt klyt klyt klyt klyt
stay stay stay stay stay stay stay stay
ftty ftty ftty ftty ftty ftty ftty ftty
ftjya ftjya ftjya ftjya ftjya ftjya ftjya ftjya

(2)〈R〉和〈U〉键的练习

输入字符 r 时，用左手食指击〈R〉键，输入的方法是：左手食指向上方偏一个键位，伸出击〈R〉键，然后迅速返回到基准键〈F〉上。

输入字符 u 时，用右手食指击〈U〉键，方法是：右手食指向上方偏一个键位，伸出击〈U〉键，然后迅速返回到基准键〈J〉上。

针对训练

练习内容：〈R〉和〈U〉键的练习。

练习方法：请按上面介绍的指法要点，输入以下字符（如果要换行，击回车键）。

duty duty duty duty duty duty duty duty
atrk atrk atrk atrk atrk atrk atrk atrk

jury	jury	jury	jury	jury	jury	jury	jury
fury	fury	fury	fury	fury	fury	fury	fury

(3)〈E〉和〈I〉键的练习

输入字符 e 时,用左手中指击〈E〉键,输入的方法是:左手中指向上方偏一个键位,伸出击〈E〉键,然后迅速返回到基准键〈D〉上。

输入字符 i 时,用右手中指击〈I〉键。方法是:右手中指微微向左上方偏一个键位,伸出击〈I〉键,然后迅速返回到基准键〈K〉上。

针对训练

练习内容:〈E〉和〈I〉键的练习。

练习方法:请按上面介绍的指法要点,输入以下字符(如果要换行,击回车键)。

idea	idea	idea	idea	idea	idea	idea	idea
aleaf	aleaf	aleaf	aleaf	aleaf	aleaf	aleaf	aleaf
said	said	said	said	said	said	said	said
safe	safe	safe	safe	alike	alike	alike	alike

(4)〈W〉和〈O〉键的练习

输入字符 w 时,用左手无名指击〈W〉键,输入的方法是:左手无名指向上方偏一个键位,伸出击〈W〉键,然后迅速返回到基准键〈S〉上。

输入字符 o 时,用右手无名指击〈O〉键,方法是:右手无名指微微向上方偏一个键位,伸出击〈O〉键,然后迅速返回到基准键〈L〉上。

针对训练

练习内容:〈W〉和〈O〉键的练习。

练习方法:请按上面介绍的指法要点,输入以下字符(如果要换行,击回车键)。

sswl	sswl	sswl	sswl	load	load	load	load
hold	hold	hold	hold	awkl	awkl	awkl	awkl
hool	hool	hool	hool	lawd	lawd	lawd	lawd
slowly	slowly	slowly	slowly	slowly	slowly	slowly	slowly

(5)〈Q〉和〈P〉键的练习

输入字符 q 时,用左手小手指击〈Q〉键,输入的方法是:左手小手指微微向左上方偏一个键位,伸出击〈Q〉键,然后迅速返回到基准键〈A〉上。

输入字符 p 时,用右手小手指击〈P〉键,方法是:右手小手指微微向上方偏一个键位,伸出击〈P〉键,然后迅速返回到基准键〈;〉上。

练习内容:〈Q〉和〈P〉键的练习。

练习方法:请按上面介绍的指法要点,输入以下字符(如果要换行,击回车键)。

pass pass pass pass pass pass pass pass
park park park park park park park park
asql asql asql asql asql asql asql asql
;paqs ;paqs ;paqs ;paqs ;paqs ;paqs ;paqs ;paqs

3. 下排键的练习

键盘下排的字符键有〈Z〉、〈X〉、〈C〉、〈V〉、〈B〉、〈N〉、〈M〉、〈,〉、〈.〉和〈/〉,同样用分组的方法进行练习。

(1)〈B〉和〈N〉键的练习

输入字符b时,用左手食指击〈B〉键,输入的方法是:左手食指向右下方偏一个键位,伸出击〈B〉键,然后迅速返回到基准键〈F〉上。

输入字符n时,用右手食指击〈N〉键,输入的方法是:右手食指向左下方偏一个键位,伸出击〈N〉键,然后迅速返回到基准键〈J〉上。

针对训练

练习内容:〈B〉和〈N〉键的练习。

练习方法:请按上面介绍的指法要点,输入以下字符(如果要换行,击回车键)。

bank bank bank bank bank bank bank bank
boil boil boil boil boil boil boil boil
bring bring bring bring board board board board
bonder bonder bonder bonder sender sender sender sender

(2)〈V〉和〈M〉键的练习

输入字符v时,用左手食指击〈V〉键,输入的方法是:左手食指微微向右下方偏一个键位,伸出击〈V〉键,然后迅速返回到基准键〈F〉上。

输入字符m时,用右手食指击〈M〉键,方法是:右手食指向右下方偏一个键位,伸出击〈M〉键,然后迅速返回到基准键〈J〉上。

针对训练

练习内容:〈V〉和〈M〉键的练习。

练习方法:请按上面介绍的指法要点,输入以下字符(如果要换行,击回车键)。

lmva　lmva　lmva　lmva　amvl　amvl　amvl　amvl
kvms　kvms　kvms　kvms　smvk　smvk　smvk　smvk
save　save　save　save　save　save　save　save
mail　mail　mail　mail　mail　mail　mail　mail

(3)〈C〉和〈,〉键的练习

输入字符 c 时,用左手中指击〈C〉键,输入的方法是:左手中指向下方偏一个键位,伸出击〈C〉键,然后迅速返回到基准键〈D〉上。

输入字符“,”时,用右手中指击〈,〉键,方法是:右手中指向右下方偏一个键位,伸出击〈,〉键,然后迅速返回到基准键〈K〉上。

针对训练

练习内容:〈C〉和〈,〉键的练习。

练习方法:请按上面介绍的指法要点,输入以下字符(如果要换行,击回车键)。

cut　cut　cut　cut　n,y　n,y　n,y　n,y
cfg　cfg　cfg　cfg　j,l　j,l　j,l　j,l
city　city　city　city　city　city　city　city
j,op　j,op　j,op　j,op　j,op　j,op　j,op　j,op

(4)〈X〉和〈.〉键的练习

输入字符 x 时,用左手无名指击〈X〉键,输入的方法是:左手无名指向下方偏一个键位,伸出击〈X〉键,然后迅速返回到基准键〈S〉上。

输入字符“.”时,用右手无名指击〈.〉,方法是:右手无名指向下方偏一个键位,伸出击〈.〉键,然后迅速返回到基准键〈L〉上。

针对训练

练习内容:〈X〉和〈.〉键的练习。

练习方法:请按上面介绍的指法要点,输入以下字符(如果要换行,击回车键)。

x.　x.　x.　x.　x.　x.　x.　x.
.x　.x　.x　.x　.x　.x　.x　.x

s. lo	s. lo	s. lo	s. lo	axkl	axkl	axkl	axkl
h. lx	h. lx	h. lx	h. lx	errx	errx	errx	errx

(5)〈Z〉和〈/〉键的练习

输入字符z时,用左手小手指击〈Z〉键,输入的方法是:左手小手指微微向右下方偏一个键位,伸出击〈Z〉键,然后迅速返回基准键〈A〉上。

输入字符"/"时,用右手小手指击〈/〉键,方法是:右手小手指微微向下方偏一个键位,伸出击〈/〉键,然后迅速返回到基准键〈;〉上。

针对训练

练习内容:〈Z〉和〈/〉键的练习。

练习方法:请按上面介绍的指法要点,输入以下字符(如果要换行,击回车键)。

zas	zas	zas	zas	;/;	;/;	;/;	;/;
ezf	ezf	ezf	ezf	jo/	jo/	jo/	jo/
;/azs	;/azs	;/azs	;/azs	;/azs	;/azs	;/azs	;/azs
dozen	dozen	dozen	dozen	dozen	dozen	dozen	dozen

4. 数字键和字母键的练习

下面首先学习输入数字键,然后进行数字键和字母键的混合练习。

(1)数字键的练习

数字键位于键盘的第一行,离基准键较远,因此练习的难度比字母键大,练习时可以放慢一些速度,手指微微伸直,动作要自然。

击数字键的指法与击字母键相同,击数字键后手指要迅速返回到基准键位上。

针对训练

练习内容:数字键的练习。

练习方法:请按上面介绍的指法要点,输入以下字符(如果要换行,击回车键)。

67890	09876	54321	12345	13579	24680
32415	21354	45321	34215	13579	24680
67908	90876	78906	87960	102938	102896
342670	365480	325345	549880	3254757	9545723
656588	548948	798734	234724	8732187	1265321

(2)小键盘数字键的练习

小键盘(即数字键区)位于整个键盘的右侧。在小键盘上练习打数字键之前,要先按下小键盘上的〈NumLock〉键(使指示灯亮),此时小键盘处于数字输入状态。

针对训练

练习内容：小键盘数字键的练习。

练习方法：小键盘适合报表数据等大量数字的输入，请读者在小键盘上做以下练习。

675849	032124	506789	150487	930213	265048	790456	123045	679045
698703	216599	874562	896523	123024	501477	856932	012456	789587
912547	814784	578130	236546	123465	987103	201658	028596	301748
520369	805214	078502	369850	236504	123065	987045	123603	654781
298564	123625	896321	479630	321654	901245	670123	456987	012458

（3）大写字母的输入练习

在字母的输入过程中，如果需要连续地输入大写字母，可以用左手小手指按〈Caps Lock〉键，使键盘右上角的 Caps Lock 指示灯亮，然后输入字母就可以了。如果要恢复小写字母输入，再次按下这个键，使指示灯灭。

如果只是临时要输入大写字母，用小手指按住〈Shift〉键不放，再输入字母就可以了。如果要输入符号键上部的符号，先按住〈Shift〉键不放，再按下这个符号键就可以了。

针对训练

练习内容：大写字母的输入练习。

练习方法：请按上面介绍的指法要点，输入以下字符（如果要换行，击回车键）。

练习 1（按下〈Caps Lock〉键）

ASDF	JKL;	ASDF	JKL;	ASDF	JKL;
QWER	UIOP	QWER	UIOP	QWER	UIOP
ZXCV	NM,.	ZXCV	NM,.	ZXCV	NM,.
GHGH	GHGH	TYTY	TYTY	BNBN	BNBN
ABCDE	HIJKLM	OPQRST	UVWXZ	TEACH	ENGIN

练习 2（按住〈Shift〉键）

UuIi	OoPp	ZzXx	CcVv	BbNn	Mm
Asdf	Jkl;	Qwer	Uiop	Zxcv	Nm,.
China	France	England	America	Australia	U. S. A.
School	Type	High	Low	Fat	Thin

（4）混合练习

前面已经学习了大小写字母、数字和各种符号的输入，下面对其进行综合练习。请大家注意各个手指的分工，并且要保持坐姿正确，力度一致，速度均匀。

如果在输入中连击一个键时，手指不必回到基准键位，连击就可以了，如输入 ee 时，左手中指连击 e。如果在输入中，连续输入的键被基准键隔开，可直接输入下一个键。例如，要输

入 un 时，在输入 u 后，右手食指不必回到基准键位，而是直接输入 n。

针对训练

练习内容：混合练习。

练习方法：请按上面介绍的指法要点，输入以下字符。

November　　November　　October　　Octorber
Summer Palace　　Summer Palace　　Children　　Children

56sdf	sdf56	78jkl	jkl78	90ioz	ioz90
12qwe	qwe12	35tyi	tyi35	68xtp	86xtp
W89a	W89a	b70U	b70U	ty23	ty23
2u;	7a'	n9,	e6.	3w/	s4?

经验之谈

连续输入归同一个手指管辖范围的字母时，可在输入第一个字母后，手指直接输入第二个字母，不必回到基准键位。例如，要输入 gr 时，在输入 g 后，左手食指不必回到基准键位，而是直接输入 r。这样可提高录入速度。

(5) 控制键的练习

控制键主要是由小手指负责，按指法规则去练习即可。而练习使用具有组合功能的控制键〈Shift〉、〈Ctrl〉、〈Alt〉这 3 个键时，首先要由小手指按住该键，再按指法规则去击该组合键的另一个键。例如，输入上档字符时，就由小手指按住〈Shift〉键，再击双字符键即可；有复制功能的组合键〈Ctrl + C〉，用小手指按住〈Ctrl〉，再用左手中指击〈C〉键即可。控制键的练习可在实际操作过程中进行。

要最终练就准确高效的打字本领，在进行指法训练时就要做到“一看，二不看”。“一看”是指练习时眼睛盯着原稿；“二不看”是指眼睛不看键盘，也不看屏幕上打出来的文件。凭自己手指的触觉和平时练习对各键位置的记忆去敲击键盘，只有这样才能达到指法运用的最高境界——盲打。

第2天 学习五笔字型前的准备

本章介绍学习五笔字型前需要先做的一些必要准备，比如下载安装五笔字型输入法，对输入法做一些适合的设置，然后介绍一些五笔字型的基本知识。

2.1 五笔字型输入法的下载与安装

2.1.1 初识五笔字型输入法

五笔字型输入法现在的版本有两种：一种是1986年出版的86版；另一种是1998年改进的98版。目前很多功能比较强大的输入法（如智能陈桥、王码五笔、万能五笔和极品五笔字型输入法）的版本都是采用86版的编码方案，而且使用者较多，因此建议读者学习86版五笔。

2.1.2 五笔字型输入法的下载

得到五笔字型输入法的方法很多，但上网下载是最好的方法。目前在网上有很多优秀的输入法，如“极品五笔”、“智能陈桥”、“五笔加加”、“万能五笔”等。下面列出提供常用五笔输入法下载的地址。

华军软件园：http://www.onlinedown.net/

天空软件站：http://www.skycn.com/

以“天空软件站”下载五笔输入法为例，下载的步骤如下。

（1）打开浏览器，在地址栏输入“http://www.skycn.com/index.html”，打开“天空软件站”网页，如图2-1所示。

（2）在网站首页的“搜索”输入栏中输入“极品五笔”，单击“软件搜索”按钮。

（3）在新打开的网页显示搜索结果，选择极品五笔7.0优化版，如图2-2所示。

（4）进入“极品五笔7.0优化版”输入法介绍页面，拖动滚动条，在网页下方“下载地址”中列出了所有下载地址的列表，如图2-3所示。

（5）选择最近或最快的下载地址，单击鼠标右键选择“目标另存为”，或使用下载软件下载即可。

图2-1 “天空软件站”网页

图2-2 “极品五笔搜索结果”页面

图2-3 “下载专区”地址列表

2.1.3 五笔字型输入法的安装

输入法下载完成后，要把它安装到电脑上才能使用，具体的安装步骤如下。

1）双击“极品五笔”安装图标，弹出“极品五笔输入法安装向导”界面，如图2-4所示。

2）单击“下一步”按钮，进入“许可协议”界面，选择“我同意此协议”选项。

3）单击“下一步”按钮，进入“目标安装位置”界面，如无特殊情况，按默认位置安装即可。

4）单击“下一步”按钮，进入“准备安装”界面，如确认无误，单击“安装”按钮，即可开始安装输入法，如图2-5所示。

5）安装完成后，单击“完成”按钮即可。

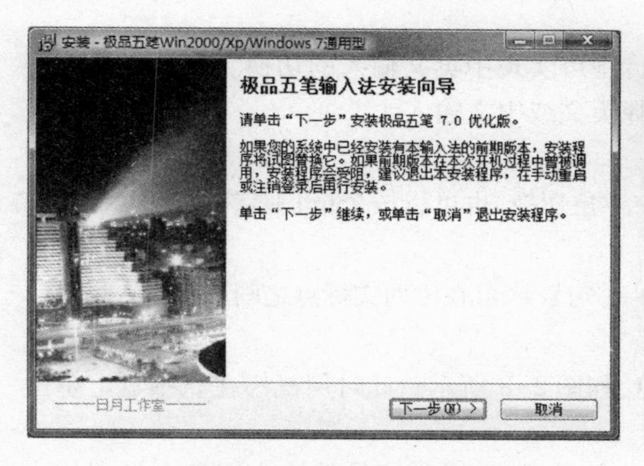

图2-4　“正在安装”界面

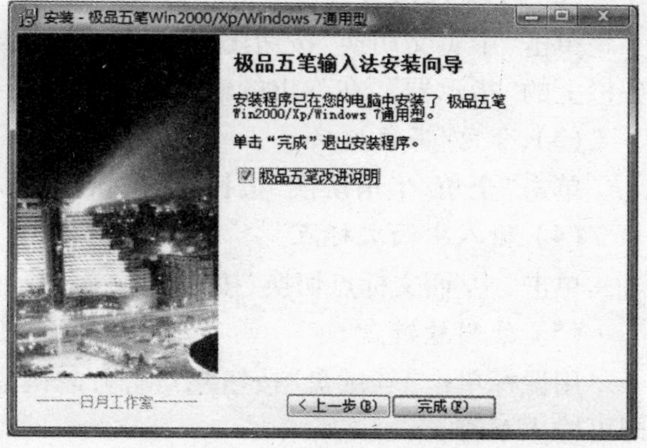

图2-5　“完成”界面

2.2　五笔字型输入法的设置

在进行五笔字型输入法学习之前，得先来熟悉一下汉字输入法的设置，这样在以后的学习中能够更加得心应手。

2.2.1　输入法状态简介

安装了极品五笔输入法后，单击语言栏，该输入法会出现在弹出的输入法列表中，如图2-6所示。

打开输入法后，在屏幕下方就会出现一个输入法状态条。输入法状态条表示当前的输入状态，可以通过单击它们来切换输入状态。虽然每种输入法所显示的图标有所不同，但是它们都具有一些相同的组成部分，如图2-7所示。

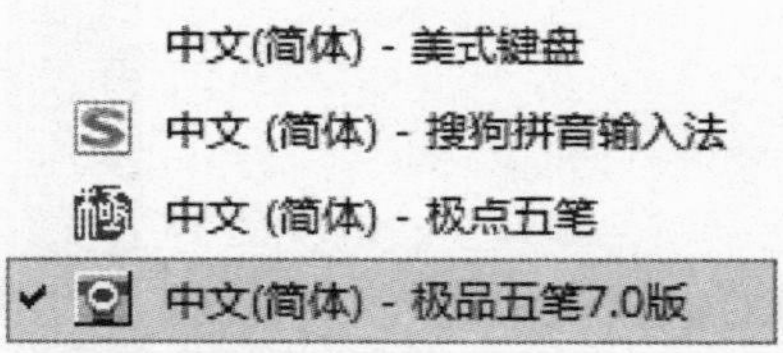

中文(简体) - 美式键盘
中文(简体) - 搜狗拼音输入法
中文(简体) - 极点五笔
中文(简体) - 极品五笔7.0版

图2-6　语言栏输入法列表

中英文切换按钮　中/西文标点切换按钮
极品五笔
输入方式切换按钮　全角/半角切换按钮　软键盘按钮

图2-7　输入法状态条

通过对输入法状态条的操作，可以实现各种输入操作。

（1）输入方式切换

在通常情况下，输入方式切换按钮显示当前输入法的名称。在Windows内置的某些输入法中，还含有自身携带的其他输入方式，例如“智能ABC”包括“标准”和“双打”输入方式。用户可以使用输入方式切换按钮进行切换。

（2）中英文切换

单击“中英文切换”按钮中或按〈Caps Lock〉键可实现中英文输入的切换。还可以单击任务栏上的“指示器”，在弹出的输入法菜单中选择英文或中文输入法。

（3）全角/半角切换

单击“全角/半角切换”按钮可进行全角/半角切换，也可以按〈Shift＋空格〉组合键。

（4）输入中西文标点

单击“中/西文标点切换”按钮或按〈Ctrl＋.（句号）〉可在中西文标点之间进行输入切换。

（5）使用软键盘

用鼠标单击“软键盘”按钮可打开软键盘，如图2-8所示。此时用鼠标在软键盘上单击即可输入字符。

Windows中共提供了13种软键盘，通过这些软键盘，可以很容易地输入键盘上没有的字符。图2-8显示的只是13种软键盘中的“PC键盘”，使用鼠标右键在软键盘按钮上单击，即可弹出软键盘菜单，如图2-9所示。选择一种软键盘后，相应的软键盘会显示在屏幕上。

图2-8　打开软键盘

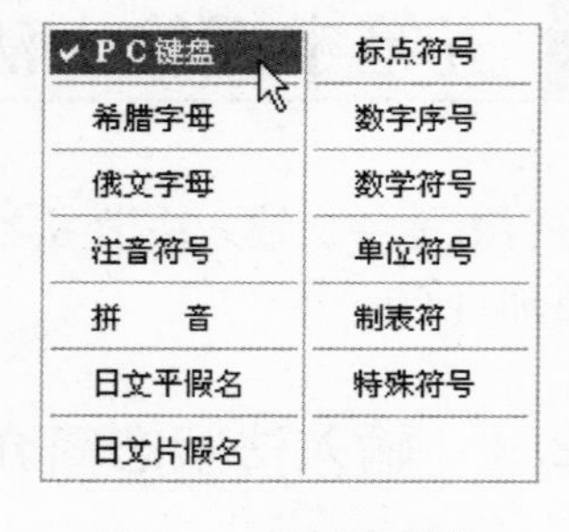

图2-9　软键盘菜单

经验之谈

其实五笔字型输入法的状态条使用方法、软键盘的各项功能与拼音输入法很相似，这部分不用花费太多的时间。

2.2.2　把五笔字型设置成默认输入法

虽然Windows XP安装了很多种输入法，但经常使用的输入法只有一种。为了使用方便，不妨把最常用的五笔字型输入法定义为系统默认的输入法，这样就不用总是切换了。具体操作步骤如下。

1）在Windows XP任务栏中，右键单击“语言栏”图标，弹出如图2-10所示的右键菜单。

2）选择“设置”选项，弹出如图2-11所示的“文字服务和输入语言”对话框。

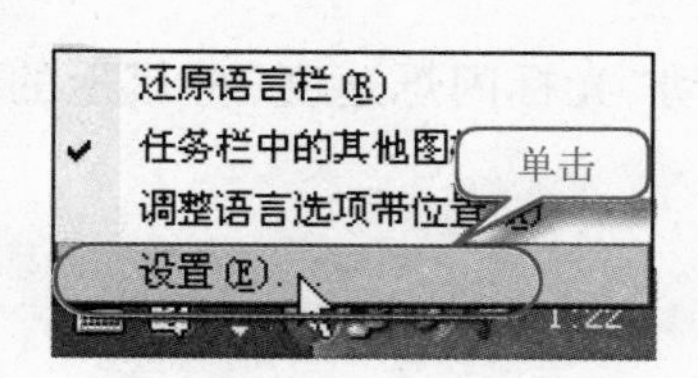

图 2-10　语言栏右键菜单

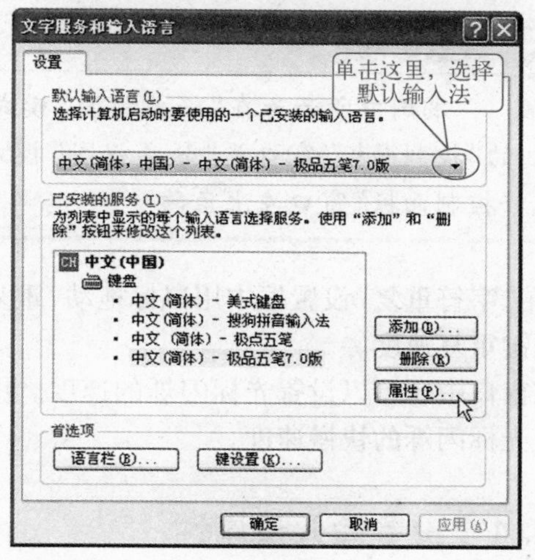

图 2-11　“文字服务和输入语言”对话框

3）在“默认输入语言”栏中，单击下拉列表按钮，在弹出的下拉列表中选择“极品五笔输入法”选项。

4）单击“确定”按钮即可。

当然也可以把其他输入法设置成默认输入法。

2.2.3　设置键盘按键速度

设置合适的按键速度对下一步要学习的五笔字型输入法很重要。仔细研究一下能够发现，在控制面板的键盘应用程序中可以设置按住按键时产生重复击键的速度，以及确认产生重复击键的延迟时间。具体的操作步骤如下。

1）单击“开始”菜单，选择“控制面板”选项，弹出“控制面板”窗口，如图 2-12 所示。

2）在“控制面板”窗口中双击“键盘”图标，打开“键盘属性”对话框，如图 2-13 所示。

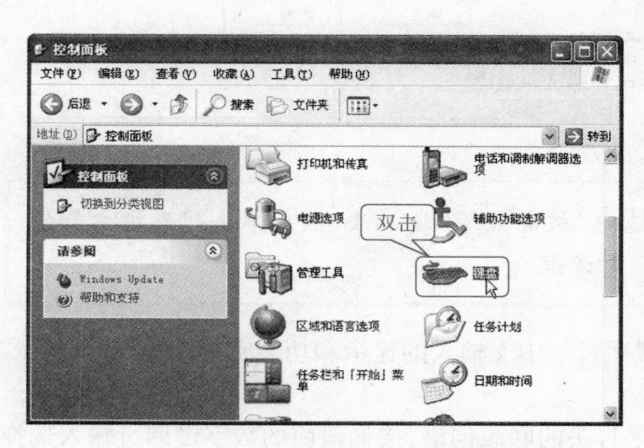

图 2-12　“控制面板”窗口(经典视图)

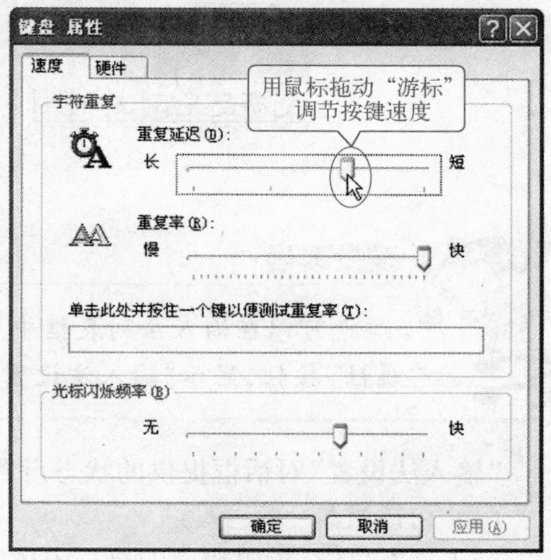

图 2-13　“键盘属性”对话框

注意事项

本例中所示为在“经典视图”模式下的“控制面板”窗口。Windows XP 默认的“控制面板”窗口是“分类视图”模式下的，这两种视图模式的切换，只需单击“控制面板”窗口左上角的 切换到经典视图 即可实现。

3）在“字符重复”设置框中用鼠标拖动“重复延迟”和“重复率”标尺上的游标便可以设置键盘的按键重复速度。

在该窗口中还可以设置光标闪烁的速度。用鼠标拖动“光标闪烁速度”标尺上的游标就可以设置光标闪烁的快慢速度。

2.2.4 设置输入法属性

为了让自己使用的输入法符合个人的操作习惯，可以对安装好的五笔字型或其他中文输入法进行设置，这样可以提高输入效率。具体操作步骤如下。

1）在 Windows XP 任务栏中，右键单击“语言栏”图标，在弹出的菜单中选择“设置”选项，弹出如图 2-11 所示的“文字服务和输入语言”对话框。

2）如果要设置“极品五笔输入法”，则在“极品五笔”输入法状态条上单击右键，在显示的快捷菜单中选择“设置”选项，出现“输入法设置”对话框，如图 2-14 所示。

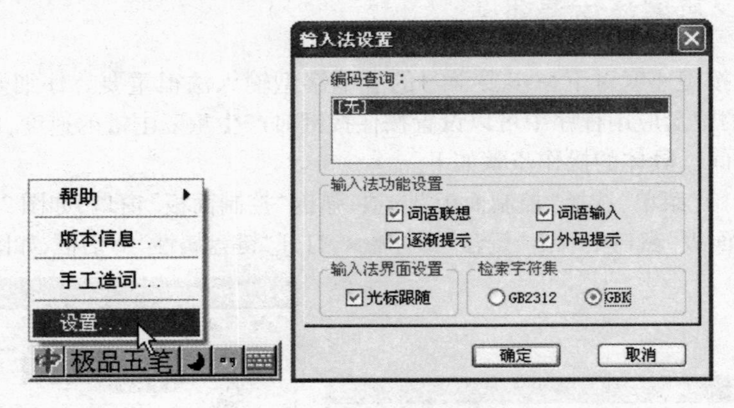

图 2-14 输入法设置

注意事项

也可以在输入法列表框中选中“极品五笔”输入法，然后单击列表框右侧的“属性”按钮，显示“输入法设置”对话框。

“输入法设置”对话框提供的状态设置项目与中文输入的显示和功能密切相关。

（1）词语联想

输入一个汉字，重码栏立即显示由该字打头的联想词语，按词语前的数字键即可输入选择的词语。

（2）词语输入

选中此项，表示允许字词混合输入（默认值），否则为取消词语输入，这时，只能输入单个字。

（3）逐渐提示

在编码输入未完成时，重码栏显示所有可选择输入的字词。初学五笔时，此功能非常有用。

（4）外码提示

选中此项，表示外码提示有效，否则表示外码提示无效。

注意事项

只有选中“逐渐提示”复选框后，“外码提示”项才有效。否则，即使选中“外码提示”复选框也无效。

光标跟随

单击选中“光标跟随”后，输入编码时，编码栏和重码栏显示在文字光标附近，重码栏呈长方形；单击取消后，编码栏和重码栏固定显示在屏幕下方，重码栏呈横条状。

2.2.5　“编码查询”功能

当遇到用五笔不会输入的字或输入了汉字却不认识时，可以使用“编码查询”功能进行查询，此功能可以通过对两种输入法属性的设置来实现。

1. 用拼音输入法查询汉字的五笔字型编码

例如使用“全拼输入法”查询汉字“末”的五笔字型编码，具体操作步骤如下。

1）在 Windows XP 的“语言栏”中选择“全拼输入法”，显示“全拼输入法”状态条。

2）在“全拼输入法”状态条上单击鼠标右键，选择“设置”选项，弹出如图 2-15 所示的“输入法设置”对话框。

3）在“编码查询”栏中，选择“极品五笔”选项，单击确定按钮。

4）在文字编辑软件中输入拼音“mo”，选择“末”字输入后，在输入框里就会显示出“末”字的五笔字型编码“gs”，如图 2-16 所示。

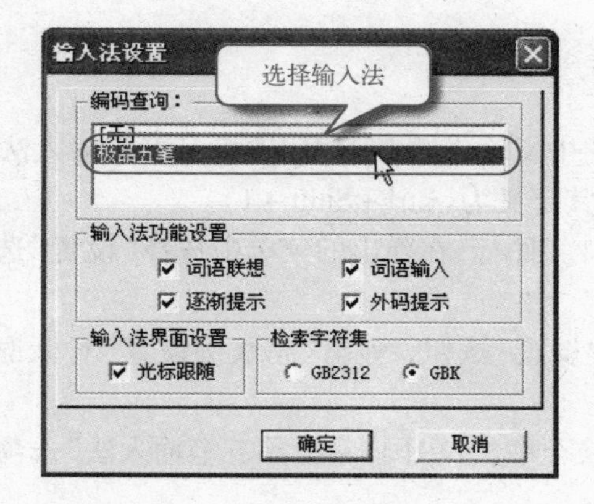

图 2-15　“全拼输入法设置”对话框

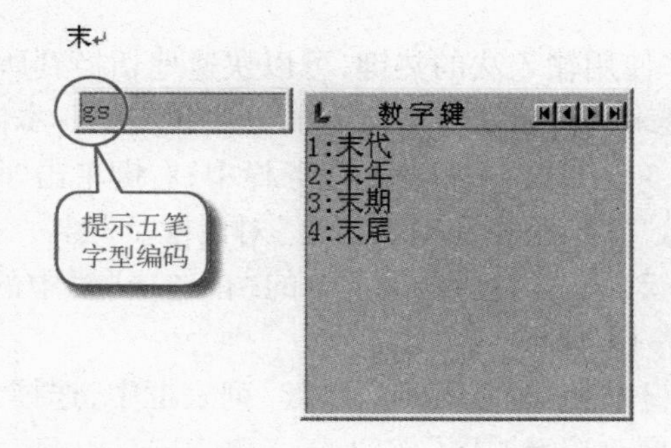

图 2-16　全拼输入法查询汉字的五笔编码

经验之谈

这个功能一定要掌握，在学习五笔字型的过程中，拆字是大难题，这个功能在接下来的学习中非常实用。

2. 用五笔字型输入法查询汉字的拼音

例如使用“极品五笔输入法”查询汉字“赘”的拼音，具体操作步骤如下。

1）在 Windows XP 的“语言栏”中选择“极品五笔输入法”，显示“极品五笔输入法”状态条。

2）在“极品五笔输入法”状态条上单击鼠标右键，选择“设置”选项，弹出如图 2-17 所示的“输入法设置”对话框。

3）在“编码查询”栏中，选择“全拼”选项，单击确定按钮。

4）在文字编辑软件中输入五笔编码“gqtm”，即“赘”后，在输入框里就会显示出“赘”字的拼音“zhui”，如图 2-18 所示。

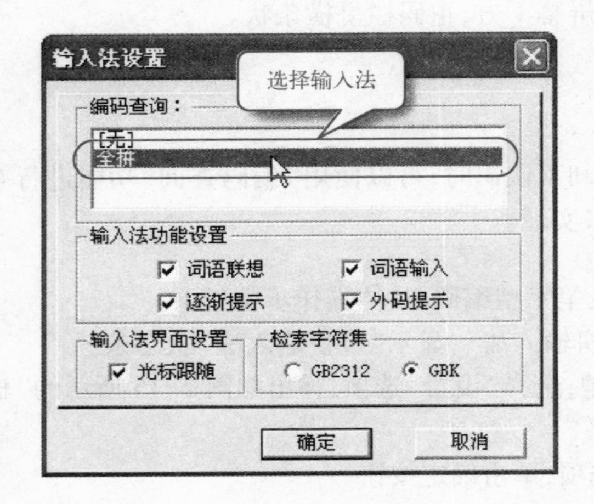

图 2-17 “极品五笔输入法设置”对话框

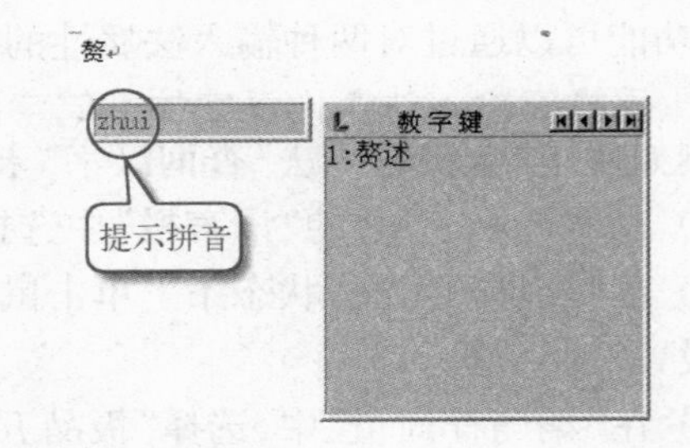

图 2-18 用五笔字型输入法查询汉字的拼音

2.2.6 为五笔字型输入法设置热键

使用输入法的热键，可以快速地切换到所需的中文输入法。下面以“极品五笔输入法”的热键来具体示范定义热键的方法和步骤。本例将其定义为〈Ctrl + Shift + 1〉。

1）在 Windows XP 任务栏中，右键单击“语言栏”图标，在弹出的菜单中选择“设置”选项，弹出“文字服务和输入语言”对话框。

2）单击对话框最下方的“首选项”栏中的“键设置”按钮，弹出“高级键设置”对话框，如图 2-19 所示。

3）在“输入语言的热键”列表框中，选择“切换至中文(中国) - 极品五笔输入法”选项，单击“更改按键顺序”按钮。

4）在弹出如图 2-20 所示的“更改按键顺序”对话框中，勾选“启用按键顺序”复选框，选

择〈Ctrl + Shift + 1〉后，单击“确定”按钮即可。

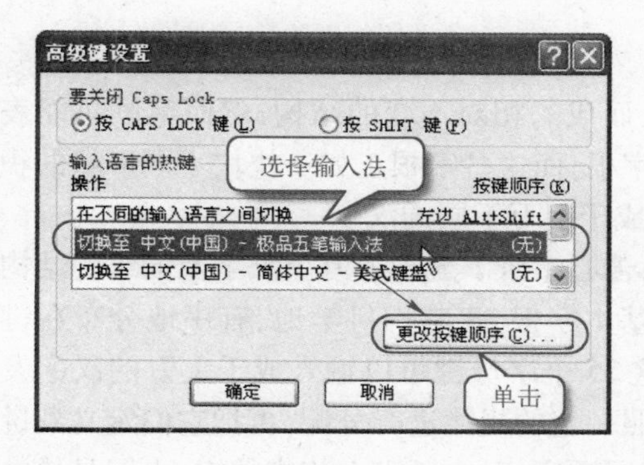

图 2-19 “高级键设置”对话框

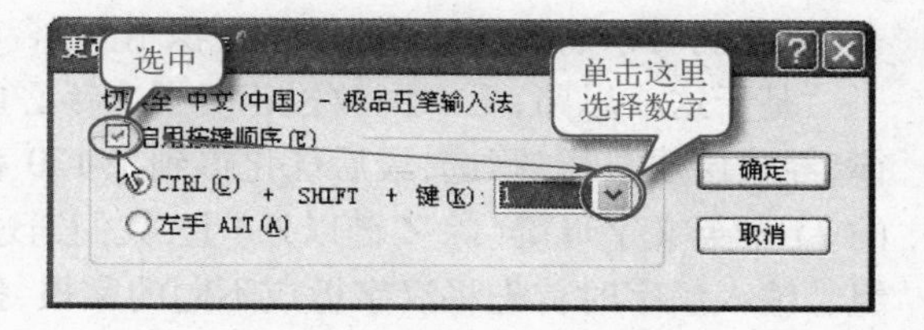

图 2-20 “更改按键顺序”对话框

注意事项

定义输入法的热键时尽量不要与其他应用程序的热键相同，否则彼此会产生冲突，热键可能会失灵或发生混乱。

2.3 五笔字型的基本原理

五笔字型输入法是一种“拼形输入法”，是把组成汉字的“五笔字根”按照汉字的书写顺序输入电脑，从而得到汉字或词组的一种电脑键盘输入方法。

2.3.1 为什么要叫五笔字型

因为汉字是中国特有的文字，它的笔画复杂，形态多样，仅常用的汉字就有 7000 多个，而总数超过 3 万，虽然数量繁多，但它们都是由几种固定的笔画组成的。比如我们用偏旁部首查字法查字的时候，首先要做的就是去数部首的笔画。而笔划分为“横、竖、撇、捺、折、点、竖钩、竖弯钩、横折钩、提”等等。但是如果只考虑笔画的运笔方向，不去看它的轻重长短，那么就可以把所有的笔画都归纳为“横、竖、撇、捺、折”这五种，为了方便记忆，五笔字型的研究者把它们从 1 到 5 依次编号。这就是为什么叫五笔字型的原因。

2.3.2 五笔字型输入的基本原理

汉字是由 5 种笔画经过各种复合连接或交叉而成的相对不变的结构，然而笔画只能表示组成汉字的某一笔，真正构成汉字的基本单位是字根，而这些字根正如一块块不同形状的积木一样，我们可以用这些不同形状的“积木”组合出成千上万不同的汉字。

基于这一思路，王永民教授花费了 5 年心血，苦心钻研了成千上万个汉字及词组的结构规律，经过层层分析、筛选，最后优化得到了 130 种基本字根，将它们科学地、有序地分布在键盘的 25 个英文字母键（除 Z 键以外）上，我们通过这 25 个字母键可以输入成千上万的汉字及词组。输入汉字时首先将汉字拆成不同的字根，按照一定的规律进行分配，再把它们定义到键盘上不同的按键上。这样我们就可以按照汉字的书写顺序，敲击键盘上相应的键，也就是给电脑输入一个个代码，电脑就会将这些代码转换成相应的文字显示到屏幕上了。这个过程可以用图 2-21 来表示，这就是五笔字型输入方法的基本原理。

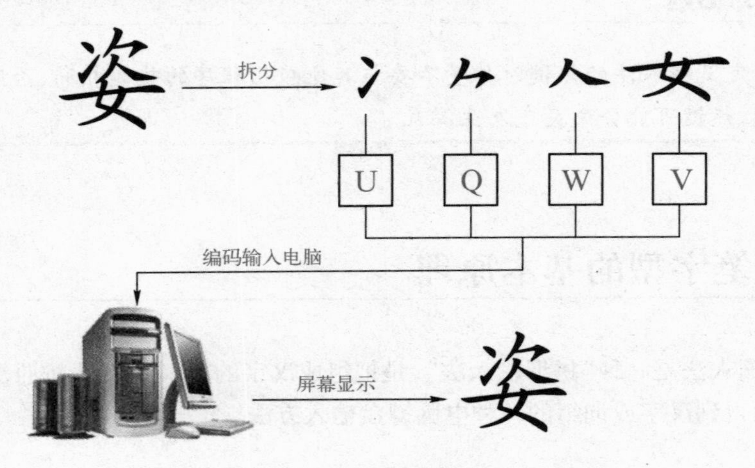

图 2-21 五笔字型输入原理

2.3.3 汉字的 3 个层次

在五笔字型输入法中，组成汉字的最基本的成分是笔画，由基本笔画构成字根，再由基本笔画和字根构成汉字，如图 2-22 所示。

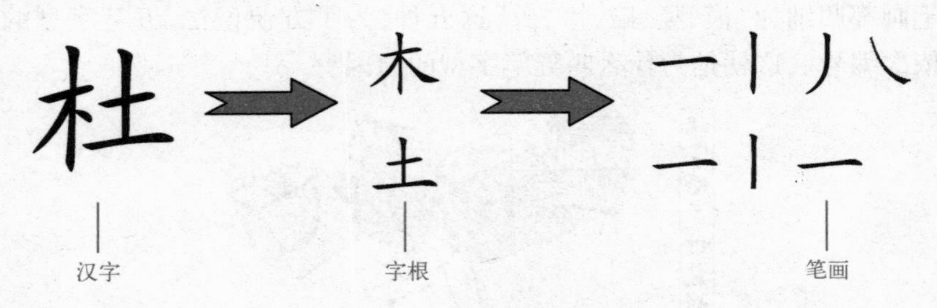

图 2-22 汉字的 3 个层次

汉字可以划分为 3 个层次:笔画、字根和单字。

笔画:汉字的笔画多种多样,但归纳起来,只有横、竖、撇、捺(点)、折 5 种。

字根:由若干笔画复合连接、交叉形成的相对不变的结构组合。它是构成汉字的最重要、最基本的单位。

单字:字根的拼形组合构成单字。

2.3.4　汉字的 5 种笔画

大家知道,所有汉字都是由笔画构成的,但笔画的形态变化很多,如果按其长短、曲直和笔势走向来分,也许可以分到几十种之多。为了易于被人们接受和掌握,我们必须进行科学的分类。

在书写汉字时,不间断的一次写成的一个线条叫做汉字的一个笔画。在这样一个定义的基础上,我们把汉字的基本笔画简化概括为“横(一)、竖(丨)、撇(丿)、捺(㇏)、折(乙)”5 种,如图 2-23 所示。

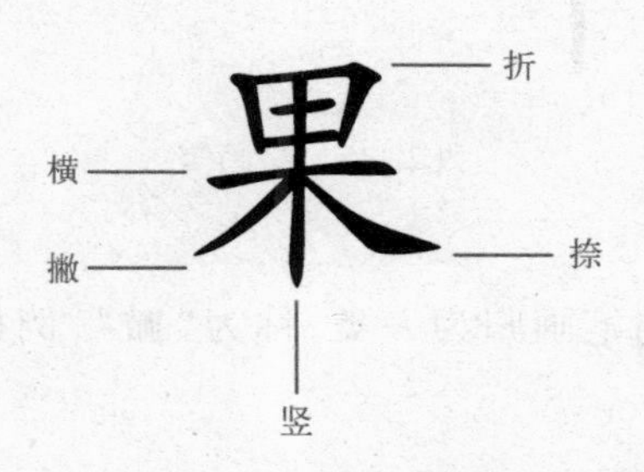

图 2-23　汉字的 5 种笔画

我们只考虑笔画的运行方向,而不计其轻重长短,根据使用频率的高低,依次用 1、2、3、4、5 编码,如表 2-1 所示。

表 2-1　汉字的 5 种笔画

编码	笔画名称	笔画走向	笔画及其变形		说明
			笔画	变形	
1	横	左→右	一	㇀	“提笔”均视为横
2	竖	上→下	丨	亅	左竖钩为竖
3	撇	右上→左下	丿	㇒	
4	捺	左上→右下	㇏	丶	点均视为捺(包括宝盖上的点)
5	折	带转折	乙	㇁ ㇆ ㇕ ㇇ ㇅ ㇈ ㇠ ㇋ ㇌ ㇡ ㇍ ㇎ ㇗ ㇄ ㇗ ㇜ ㇙ ㇛ ㇂ ㇢ ㇉ ㇞	带转折的编码为 5,左竖钩除外

1. 横

运笔方向从左到右和从左下到右上的笔画都包括在“横”中,例如“丁、二”在“横”这种笔画内。

为了方便笔画分类还把“提”归为横，例如“现、习”中的“提”笔都视为横，如图 2-24 所示。

图 2-24　笔画横

2. 竖

运笔方向从上到下的笔画都包括在“竖”这种笔画内，例如“中、吊”中的竖。

为了方便笔画分类把竖左钩归为竖，例如“利、小”中的竖左钩，如图 2-25 所示。

图 2-25　笔画竖

3. 撇

运笔方向从右上到左下的笔画归为一类，称为“撇”，例如“力、九”中的撇，如图 2-26 所示。

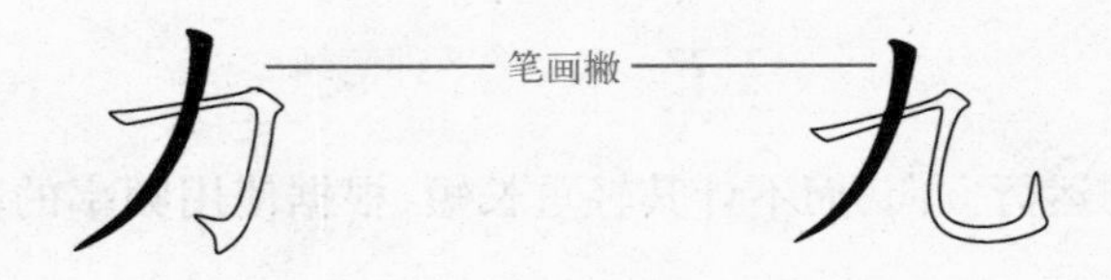

图 2-26　笔画撇

4. 捺

运笔方向从左上到右下的笔画归为一类，称为“捺”，例如“大、八”中的捺。

为了方便笔画分类，把“点”归为捺笔，例如“户、主”中的点，如图 2-27 所示。

图 2-27　笔画捺

5. 折

我们把所有带转折的笔画（除了竖左钩外），都归结为“折”，例如“刀、幺、戈、亏”中的折，如图 2-28 所示。

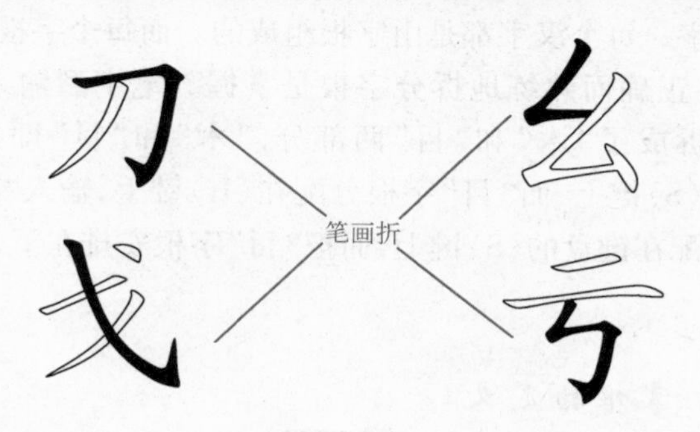

图 2–28　笔画折

注意事项

在区分笔画种类时，要注意“笔画走向”这一基本特征。1）提笔“㇀”和撇“丿”在外形上相似，但“㇀”是从左到右书写，应归为“横”类，而“丿”是从右上到左下书写的，应归为“撇”类。2）“亅”和“𠄌”相似，“亅”为“竖”类，而“𠄌”为“折”类。3）除“亅”外，凡是带转折的笔画都为“折”类。

各种折笔的变型：五笔字型输入法的基本字根有 130 个，许多非基本字根都是由基本字根变化而来的，其中变化最多的就是“乙”笔了。在这里我们就专门对字根中与“乙”有关的拆分方法做一些介绍。表 2–2 列出了所有折笔的变化形式。

表 2–2　折笔的变形

折　笔	例　字	折　笔	例　字	折　笔	例　字
ㄱ	臣 假 侯 追 官	㇕	书 国 片 虫 尸	㇗	电 甩 龟 九 巴
ㄅ	乌 鼎 与 亏 考	㇂	弋 我 成	㇆	韦 成 万 也 力
㇈	瓦 飞 九 气 几	㇙	以 饮 瓦 收	ㄴ	甚 亡 世
ㄣ	专 转	㇌	肠 乃		
㇇	买 蛋 了 今 疋	ㄥ	该 幺 发 车 亥		

2.4 字根与字型

本节介绍字根的定义、字根间的结构关系及字型的相关知识。学习本单元的内容可使初学者具备分辨字型的能力。

2.4.1　汉字的字根

字根是由若干笔画交叉连接而成的相对不变的结构。所有汉字都是由字根构成的。因此五笔字型输入法中规定以字根为基本单位编码。下面我们来了解一下汉字的字根。

汉字是一种图形文字。每个汉字都是由字根组成的。而每个字根又是由笔画组成的。字根是五笔输入法的灵魂，正确而熟练地拆分字根是掌握五笔字型输入法的关键。例如“相”字，五笔字型将“相”字拆成了“木”和“目”两部分，“木”和“目”即为“相”字的两个字根。“木”字根分配在键盘的〈S〉键上，而“目”字根分配在〈H〉键上，输入“SH”即可输入“相”。至于为什么把“木”字根分配在键盘的〈S〉键上，而把“目”字根安排在了〈H〉键上，这个问题将在后面加以解释。

基本字根：“五笔字型”方案中有一批组字能力强，在日常汉语中出现频率高，有代表性的字根，像“王、木、西”等，我们称它们为基本字根，基本字根共130个。

辅助字根：与主字根相似的字根称为辅助字根。辅助字根有以下几种形式。

1）字源相同的字根，如心（基本字根）——忄、⺗（辅助字根）。

2）形态相近的字根，如艹（基本字根）——廾、廾、廿（辅助字根）。

3）便于联想的字根，如阝（基本字根）——耳、卩、㔾（辅助字根）。

乙（基本字根）——㇁ 𠃌 ㇕ ㇇ ㇅ ㇈ ㇍ ㇌ ㇋ ㇎ ㇊ ㇡；

㇗ ㇗ ㇗ ㇜ ㇙ ㇛ ㇂ ㇢ ㇉ ㇉（次字根即所有折笔）。

所有的辅助字根与其基本字根都同在一个键位上，编码时使用同一代码（即同一字母）。

以字根来考虑汉字的构成，是为汉字编码创造方便。因为汉字的拼形编码既不考虑读音，也不把汉字全部拆分为单一笔画，而是遵从人们的习惯书写顺序，以字根为基本单位来组字、编码，并用来输入汉字。字根不像汉字那样，有公认的标准和一定的数量。哪些结构算字根，哪些结构不算字根，历来没有严格的界限。

一般而言，在字根选取上，主要以下面几点为标准。

1）选择那些组字能力强的，如：目、日、口、田、山、王、土、大、木、工等。

2）选择那些组字能力不强，但组成的字在日常用语中出现频率很高的。例如，“白”组成的“的”字，在汉语中使用频率很高。

3）选择使用频率较高的偏旁部首（注：某些偏旁部首本身即是一个汉字），如：炎、扌、氵、禾、亻、纟、水等。

根据以上几种标准选择的字根可称为“基本字根”，而没有选中的字根都可拆分为几个基本字根。

2.4.2　字根间的结构关系

在五笔字型输入法中，汉字是由字根组成的。许多汉字是由一到4个字根组成的。字根间的位置关系可以分为4种类型，通俗地称为“单、散、连、交”。

1. 单字根结构

单字根结构简称为“单”，应理解为单独成为汉字的字根，即这个汉字只有一个字根。具有这种结构的汉字包括键名汉字与成字字根汉字，如键盘〈G〉键分配的字根“王”，它是键名汉字，结构为“单”。“五”也在〈G〉键中，称之为成字字根汉字，结构为“单”。另外五种单笔画字根也属于这种结构。

2. 散字根结构

散字根结构简称为“散”，如“江、汉、字、照”等。这样组成的字有一个特点，就是字根间保持一定的距离，即字根间有一个相互位置关系，既不相连也不相交。这个位置关系分别属于左右、上下之一。

经验之谈

散结构汉字只有左右型、上下型。

3. 连笔字根结构

连笔字根结构简称为“连”，“连”是指一个基本字根与一单笔画相连，这样组成的字称为连结构的字。

五笔字型中字根间的相连关系特指以下两种情况。

1）单笔画与某基本字根相连，其中此单笔画连接的位置不限，可上可下，可左可右，如图2-29所示。

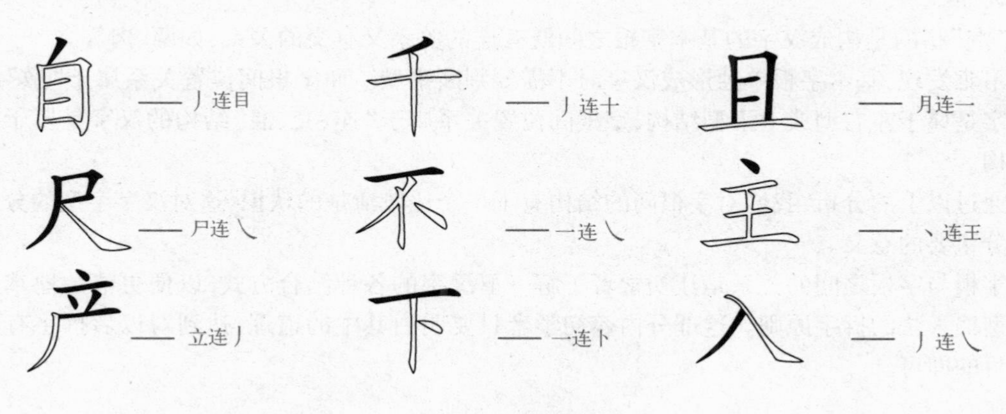

图2-29　字根相连

单笔画与基本字根有明显间距者不认为相连，如“个、少、么、旦、幻、旧、乞”等。

2）带点结构认为相连，如“勺、术、主、义、斗、头”等。这些字中的点以外的基本字根其间

可连可不连,可稍远可稍近。

注意事项

我们规定孤立点与基本字根之间一律按相连关系处理。例如:主、义、下等。

由此可见,基本字根与单笔画相连之后形成的汉字,都不能分解为几个能保持一定距离的部分,因此,这类汉字只能是杂合型。注意这些字不是字根相连:足、充、首、左、页、美、易、麦。

4. 交叉字根结构

交叉字根结构简称为“交”,这种类型是指由两个或多个字根交叉叠加而成的汉字,主要特征是字根之间部分笔画重叠,如图 2-30 所示。

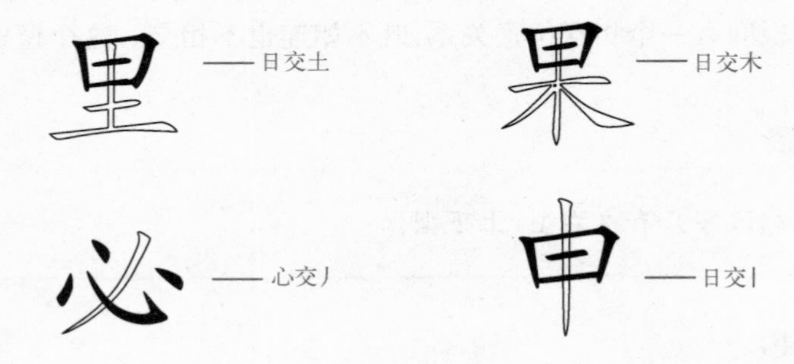

图 2-30 交叉字根结构

一切由基本字根交叉构成的汉字,基本字根之间是没有距离的,因此,这一类汉字的字型一定是杂合型。另外还有一种情况是混合型,即几个字根之间既有连的关系,又有交的关系,如“丙、重”等。

5. 混

“混”指的是构成汉字的基本字根之间既有连的关系又有交的关系,如两、肉等。

不难发现,基本字根单独形成汉字时不需要判断字型。而字根间位置关系属于“散”结构的汉字是属于左右型或上下型结构,字根间位置关系属于“连、交、混”结构的汉字是属于杂合型结构。

通过以上的分析,我们对字根间的结构有了一个比较清楚的认识,这对汉字字型的分类有着十分重要的意义。

字根与字根之间的关系是让初学者了解一下汉字的各种结合方式,以便更清楚地掌握五笔字型输入法的拆字原则。这部分内容初学者只要明白其中的道理,达到对以后拆字有所帮助的目的即可。

2.4.3 汉字的 3 种字型结构

由于汉字是一种平面文字,同样的几个字根,在不同的汉字中摆放的位置就有可能不同,

在这种情况下，称这些汉字的"字型"不同。汉字的字型指的是字根在构成汉字时，字根与字根间的位置关系。字型不同，汉字就不同，如"叶"与"古"，"叻"与"另"等。字型是汉字的一种重要特征信息。了解这一点，对于确定多字根的汉字类型以及分解多字根汉字是非常必要的。因为在向计算机输入汉字时，仅仅输入组成汉字的字根可能还不足以表达清楚这个汉字，有时还需要告诉计算机那些键入的字根是怎样排列的，也就是补充输入一个字型信息，这就是后面要讲到的"末笔字型识别码"。

根据构成汉字的各字根之间的位置关系，可以把汉字分为 3 种类型，即左右型、上下型、杂合型。按照它们拥有汉字的字数多少，把左右型命名为 1 型，代号为 1；上下型命名为 2 型，代号为 2；杂合型命名为 3 型，代号为 3，如表 2-3 所示。

表 2-3　汉字的字型

代　号	字　型	图　示	字　例	特　征
1	左右型		利堆熄郭	字根之间可有间距，总体左右排列
2	上下型		冒赢盗鑫	字根之间可有间距，总体上下排列
3	杂合型		国凶网刁 乘夫还区	字根之间可有间距，但不分上下左右，浑然一体不分块

下面分别介绍这 3 种字型。

1. 左右型汉字

左右型汉字包括两种情况：

1）由左右两个部分组成，如利、铜、他、打、讽等，如图 2-31 所示。虽然"铜"和"讽"的右边也由两个字根构成，且这两个字根之间是外内型关系，但整个汉字的结构属于左右型。

2）由三个部分从左至右并列，或者单独占据一边的部分与另外两部分呈左右排列，如树、招、勒等，也属于左右型，如图 2-32、图 2-33 和图 2-34 所示。

呈左中右排列的汉字。可将其明显地分为左、中、右三部分，如图 2-32 所示。

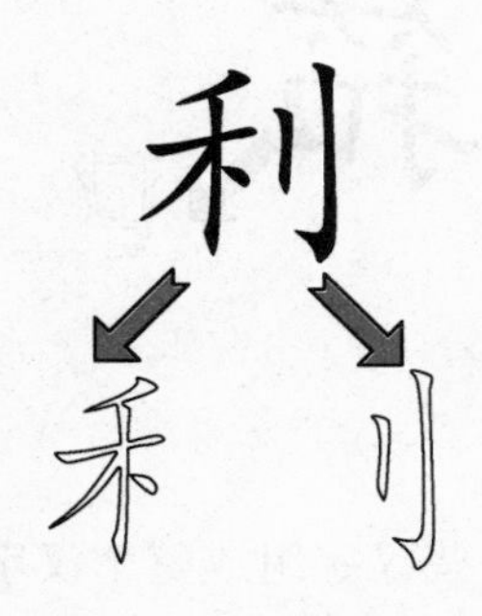

图 2-31　左右两个部分

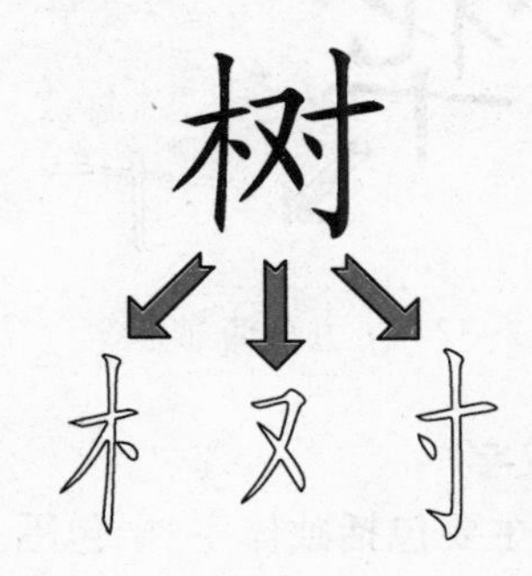

图 2-32　左中右三个部分

汉字的右侧分为上下两部分，如"招"字的右侧分为"刀"和"口"两部分，如图 2-33 所示。

汉字的左侧分为上下两部分，如"勒"字的左侧为"廿"和"申"两部分，如图 2-34 所示。

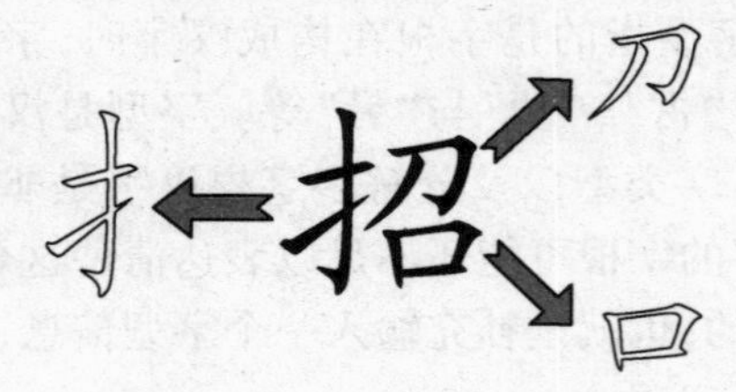

图 2-33　右侧分两部分

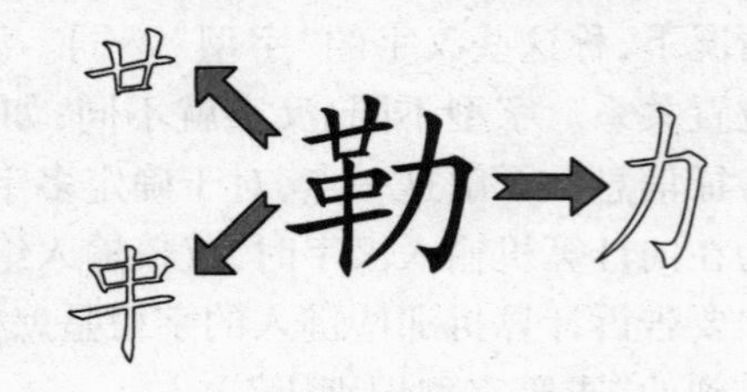

图 2-34　左侧分两部分

2. 上下型汉字

上下型汉字包括以下两种情况：

1）由两个部分上下排列，如肖、沓、告等，如图 2-35 所示。

2）由三个部分上下排列，或者单独占据一层的部分与另外两部分呈上下排列，如意、华、筘、丽等，如图 2-36、图 2-37 及图 2-38 所示。

呈上中下排列的汉字，可将其明显的分为上、中、下三部分，如图 2-36 所示。

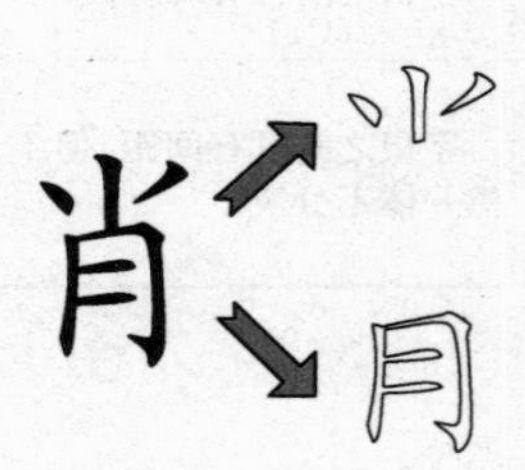

图 2-35　上下两部分

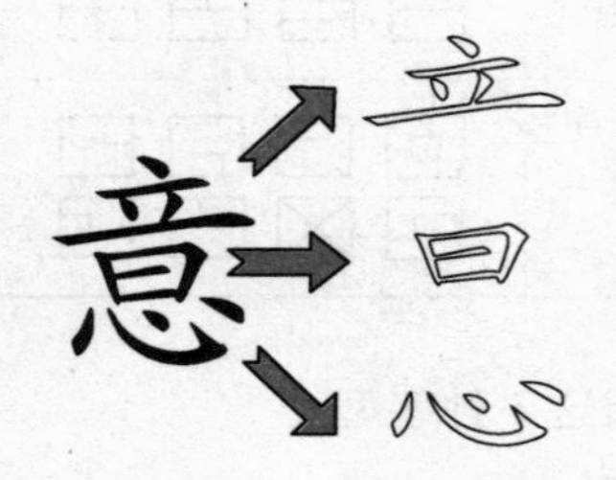

图 2-36　上中下三部分

汉字的上方分为左右两部分，如“华”字的上方分为“亻”和“匕”两部分，如图 2-37 所示。

汉字的下方分为左右两部分，如“筘”字的下方分为“扌”和“口”两部分，如图 2-38 所示。

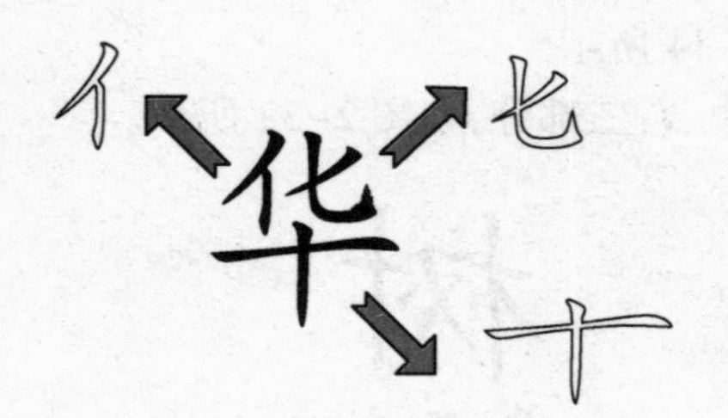

图 2-37　上方分两部分

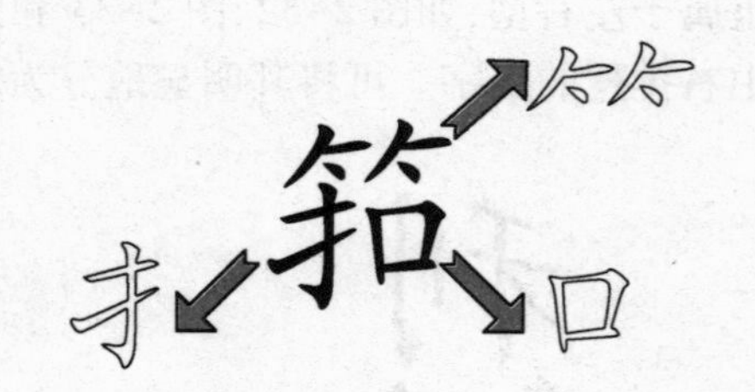

图 2-38　下方分两部分

3. 杂合型汉字

杂合型汉字主要包括独体字、半包围、全包围等汉字，这些汉字组成整个汉字的各部分之间没有简单明确的左右或上下型关系，如凹、迟、国、凸、夫、灰等，图例如下。

独体字是一个囫囵的整体，字根间没有明显的结构关系，如图 2-39 所示。

在半包围结构的汉字中，一个字根并未完全包围汉字的其余字根，如图 2-40 所示。

在全包围结构的汉字中，一个字根完全包围了汉字的其余字根，如图 2-41 所示。

迟——半包围　　国——全包围

图2-39　独体字　　图2-40　半包围结构　　图2-41　全包围结构

纵观汉字的字型分析与结构分析，可以归纳如下。

1）基本字根单独成字，在将来的取码中有专门的规定，因而不需要判断字型。

2）属于“散”的汉字，才可能有左右、上下型。

3）属于“连”、“交”或“混合”的汉字，属于杂合型。

4）不分左右、上下的汉字，属于杂合型。

掌握了汉字的字型结构，对末笔字型识别码的学习有很大帮助。

第3天 五笔字型字根分布及记忆

学习五笔字型输入法必须熟记字根的分布。在掌握了汉字构成的前提下,了解五笔字型字根所对应的键位,并记忆基本字根。学习五笔字型不仅要记忆字根及各字根在键盘上的位置,而且还需要经常练习,只有这样才能真正熟练掌握,达到提高汉字输入速度的目的。

3.1 五笔字型字根的分布

本节从五笔字型字根的选取原则开始,对字根的键盘布局、分布规律加以详细的介绍,并介绍一些记忆字根的经验和方法。要想使用五笔字型输入法在键盘上"运指如飞",先来好好学习这一节的内容。读者应在本节中应重点掌握五笔字型字根的键盘布局、五笔字型字根的记忆。

3.1.1 五笔字型键盘字根图

五笔字型的基本思想是由笔画组成字根。字根是相对不变的结构,和汉字中的偏旁部首大体相同,只是基本字根只有130个。字根组成汉字,因此准确记忆字根是拆字进而打字的基础。五笔字型字根分布如图3-1所示。

3.1.2 键盘的区和位

在图3-1中每个键上方的两位数字表示区位号,那么什么是区位号呢?按照每个字根的起笔笔画,把字根在键盘上分成5个区:以横起笔的在1区,字母从G到A;以竖起笔的在2区,字母从H到L,再加上M;以撇起笔的在3区,字母从T到Q;以捺起笔的在4区,字母从Y到P;以折起笔的在5区,字母从N到X。

每个区有5个字母,每个字母占一个位,每个区的5个位从键盘中间开始向外扩展编号,叫做区位号,例如1区的G是第1位,它的区位号为11;F为1区第2位,区位号为12;D为1区第3位,区位号为13。其他区以此类推,区位号的键盘分布如图3-2所示。

35Q 我　34W 人　33E 有　32R 的　31T 和　41Y 主　42U 产　43I 不　44O 为　45P 这

15A 工　14S 要　13D 在　12F 地　11G 一　21H 上　22J 是　23K 中　24L 国

Z 万能键　55X 经　54C 以　53V 发　52B 了　51N 民　25M 同

11(G)王旁青头戋（兼）五一
12(F)土士二干十寸雨
13(D)大犬三丰（羊）古石厂
14(S)木丁西
15(A)工戈草头右框七

21(H)目具上止卜虎皮
22(J)日横早虫两竖依
23(K)口与川，二三里
24(L)田甲方框四车力
25(M)山由贝，下框几

31(T)禾竹一撇双人立，
反文条头共三一
32(R)白手看头三二斤
33(E)月彡（衫）乃用家衣底
34(W)人和八，三四里
35(Q)金勺缺点无尾鱼，犬旁
留叉儿一点夕，氏无七

41(Y)言文方广在四一，
高头一捺谁人去
42(U)立辛两点六门疒(病)
43(I)水旁兴头小倒立
44(O)火业头，四点米
45(P)之宝盖，摘礻(示)衤(衣)

51(N)已半巳满不出己，
左框折尸心和羽
52(B)子耳了也框向上
53(V)女刀九臼山朝西
54(C) 又巴马，丢失矣
55(X)慈母无心弓和匕，
幼无力

五笔字型字根助记词

图 3-1　五笔字型字根分布图

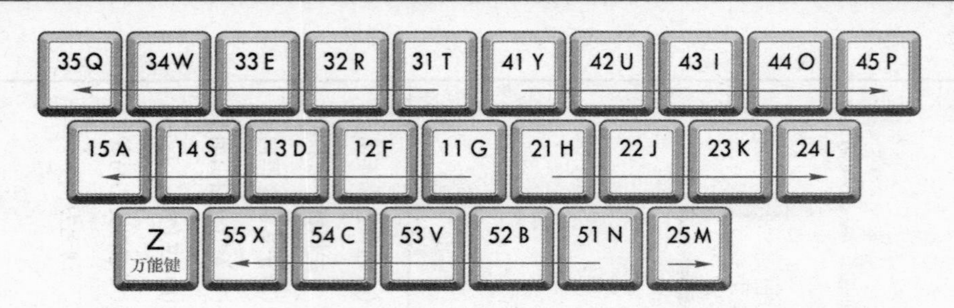

图 3-2　五笔字型键盘分区示意图

3.1.3　键名字根与同位字根

1. 键名字根

记忆 130 个基本字根的分布,这是学习五笔字型的难点。五笔字型将 130 个基本字根安排到 25 个键位上,每个键位一般安排 2 ~ 6 个基本字根。每一键位对应一个英文字母键。读者可以先把 25 个键位记住。键名是同一键位上全部字根中最有代表性的字根。键名字根位于键面左上角。键名本身就是一个有意义的汉字(〈X〉键上的"纟"除外),键名字根图如图 3-3 所示。

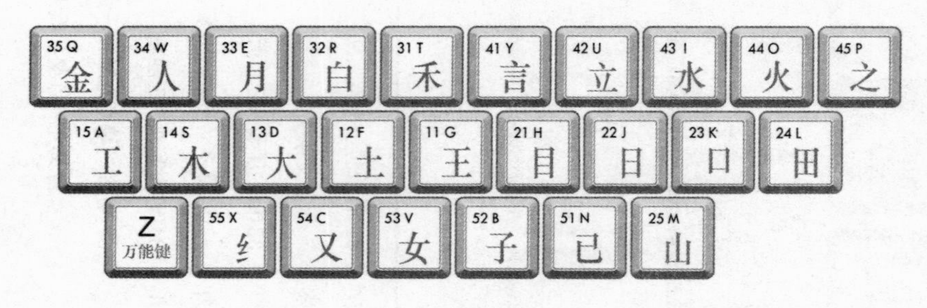

图 3-3　键名字根图

2. 同位字根

每个键位上除键名字根以外的字根称为同位字根。同位字根有这样几种:某些字根与键名形似或意义相同,例如土和士、日和曰、已和己、廾和廿等;对于某些字根其首笔既不符合区号原则,次笔更不符合位号,但它们与键位上的某些字根有所类同,如忄和⺗等。

总的来讲,同位字根可分为 3 类:单笔画、成字字根和其他字根,如图 3-4 所示。所谓成字字根就是指该字根本身是一个字,如"刀、五、古、丁"等。此外,成字字根还包括一些大家日常并不作为文字使用的字根,如"丿、亻、礻、忄"等。

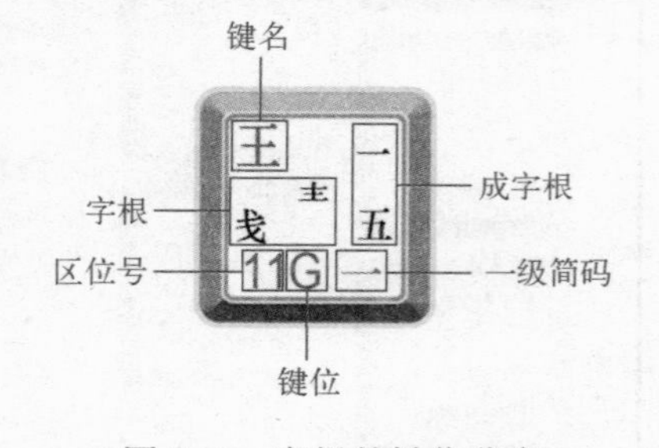

图 3-4　字根的键位分布

3.2 五笔字型字根总表

五笔字型输入方法是将每个汉字拆分成若干个字根，再根据笔画顺序输入字根的编码（即键盘上的字母键）。大家知道，每个键上的字根不止一个，如果不记住每个键所包含的字根，就不能准确、快速地输入汉字。

本节将具体对五笔字型键盘字根总表（如表3-1所示）进行介绍。该表给出了区号、位号，由区号、位号组成的代码和键位所对应的字母，每个字母所对应的笔画、键名、基本字根，以及帮助记忆基本字根的口诀等。在记忆每个键所包含的字根的过程中，一定要注意其内在的规律性，通过理解来记住字根总表。

表3-1　五笔字型键盘字根总表

分区	区键位	一级简码	键名	字根	识别码	助记词
1区横起笔	11G	一	王	王龶戋五一	㊀	王旁青头戋（兼）五一
	12F	地	土	士土二干𠂢十寸雨	㊁	土士二干十寸雨
	13D	在	大	大犬三𡗗𠂇镸石古厂丆ナ𠂇	㊂	大犬三𡗗（羊）古石厂
	14S	要	木	木西丁		木丁西
	15A	工	工	工戈弋七艹廾廿卄匚七		工戈草头右框七
2区竖起笔	21H	上	目	目且⺊丨⺊卜止龰⺁⺊	丨	目具上止卜虎皮
	22J	是	日	日曰⺜早虫刂刂刂丨丨	丨丨	日横早虫两竖依
	23K	中	口	口川川	丨丨丨	口与川，二三里
	24L	国	田	田甲囗四罒皿罒车皿力		田甲方框四车力
	25M	同	山	山由贝冂⺆几		山由贝，下框几
3区撇起笔	31T	和	禾	禾⺧竹⺮丿𠂉彳夂夂	丿	禾竹一撇双人立，反文条头共三一
	32R	的	白	白手扌𠂒𠂉𠂉厂斤⺁	丿丿	白手看头三二斤
	33E	有	月	月⺝⺤用彡丹乃豕𧰨𧘇𠂢氏⺝	彡	月彡（衫）乃用家衣底
	34W	人	人	人亻八𠂓𠂓		人和八，三四里
	35Q	我	金	金钅勹𠂊⺈犭乂儿⺇夕⺈夕		金勺缺点无尾鱼，犬旁留叉儿一点夕，氏无七
4区捺起笔	41Y	主	言	言讠文方广亠𠮛圭㇏丶	丶	言文方广在四一，高头一捺谁人去
	42U	产	立	立⺬六辛丷冫⺦丬⺷疒门	冫	立辛两点六门疒（病）
	43I	不	水	水氺氺⺗⺌氵⺍小⺌业⺌	氵	水旁兴头小倒立
	44O	为	火	火⺌⺌灬米		火业头，四点米
	45P	这	之	之辶廴冖宀礻		之宝盖，摘礻（示）衤（衣）

（续）

分区	区键位	一级简码	键名	字根	识别码	助记词
5区折起笔	51N	民	已	已己巳乙コ尸𠃜心 忄⺗羽	㉄	已半巳满不出己，左框折尸心和羽
	52B	了	子	子孑耳 阝卩㔾了也凵巜	㊁	子耳了也框向上
	53V	发	女	女刀九巛彐臼	㊂	女刀九臼山朝西
	54C	以	又	又マスム巴马		又巴马，丢失矣
	55X	经	纟	纟幺幺弓匕[illegible]		慈母无心弓和匕，幼无力
“乙”代表的各类折笔		顺时针		乛㇇ㄱ㇇㇆㇈㇋㇌㇉	逆时针	ㄴ㇄㇂ㄥㄑ㇁㇉㇌

3.3 五笔字型字根的快速记忆

学习五笔字型要靠毅力，因为它需要记忆许多东西，如字根及各字根在键盘上的位置等。

本节将介绍几种记忆字根的有效方法，除了要了解五笔字型字根所对应的键位，并通过理解来记忆基本字根外，结合这些方法还需要经常锻炼，只有这样才能真正熟练掌握，为达到提高汉字输入速度的目的做好铺垫。

3.3.1 助记词分区记忆法

字根的记忆不是靠死记硬背字根总表，而是要首先判断字根的第一笔画究竟是属于“横、竖、撇、捺、折”中的哪一类，这样就可以知道这个字根在哪一个区；然后再看该字根在哪个键位上，一般情况下考虑字根的第二笔画，如字根“土”，它的第二笔画为“竖”，其代号为 2，则将其放在第二个键位上。

为了方便记忆，王永民教授将每个区的每个键编写成顺口溜。要对应它们在键盘上的位置熟记此口诀。下面分区进行讲述。

1. 第 1 区：横区

11(G) 王旁青头戋(兼)五一

“王旁”：指王字旁。如：理，王(G)、日(J)、土(F)。

“青头”：指“青”字的头，即字根“龶”。如：青，龶(G)、月(E)。

12(F) 土士二干十寸雨

13(D) 大犬三𡗗(羊)古石厂

“三手(羊)”:是指“羊”字下半部分,即字根“手”。如:羊,丷(U)、手(D)。

14(S)木丁西

15(A)工戈草头右框七

“草头”:指草字的头,即字根“艹”。如:茹,艹(A)、女(V)、口(K)。

“右框”:指方框开口向右的字根“匚”。如:框,木(S)、匚(A)、王(G)。

2. 第2区:竖区

21(H)目具上止卜虎皮

“具上”:指“具”字上面一半的字根“且”。如:具,且(H)、八(W)。

同时“上”也是一个字根。

“虎皮”:指“广”、“卢”两个字根。如:虎,卢(H)、七(A)、几(M)。

22(J)日横早虫两竖依

“日横”:指像日字横着的字根“罒”。如:象,勹(Q)、罒(J)、豕(E)。

“依”:为了押韵,并不是字根。

23(K)口与川,二三里

“二三里”:指“口”、“川”这两个字根在23这个键位里。

24(L)田甲方框四车力

“方框”:指字根“囗”,即内外结构的一类汉字,与口字不同。如:国,囗(L)、王(G)、丶(Y)。

25(M)山由贝,下框几

“下框”:指方框开口向下,即“冂”。如:同,冂(M)、一(G)、口(K)。

3. 第3区:撇区

31(T)禾竹一撇双人立,反文条头共三一

“双人立”:指字根“彳”。如:往,彳(T)、丶(Y)、王(G)。

“反文”:指字根“攵”。如:败,贝(M)、攵(T)。

“条头”:指“条”字的头,即字根“夂”。如:条,夂(T)、木(S)。

“共三一”:指上述字根都在31这个键位上。

32(R)白手看头三二斤

“手”:指字根“手”和“扌”。如:扶,扌(R)、二(F)、人(W)。

“看头”:指“看”字的头,即字根“手”。如:质,厂(R)、十(F)、贝(M)。

33(E)月丹(舟)乃用家衣底

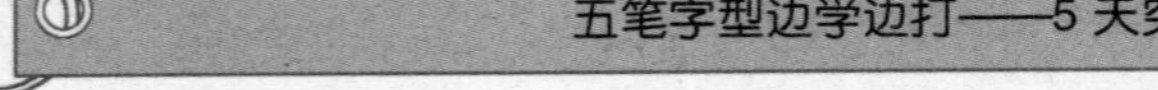

“家衣底”：指“家”字和“衣”字的底部，即字根“豕”和“𧘇”。如：家，宀(P)、豕(E)。

34(W)人和八，三四里

35(Q)金勺缺点无尾鱼，犬旁留叉儿一点夕，氏无七

“勺缺点”：指“勺”字无中间的点，即字根“勹”。如：句，勹(Q)、口(K)。

“无尾鱼”：指“鱼”字无下边的横，即字根“鱼”。如：鱼，鱼(Q)、一(G)。

“犬旁留叉”：指“犭”旁只留下像叉的字根“犭”，“叉”也指字根“乂”。如：猎，犭(Q)、丿(T)、艹(A)、日(J)；

义，乂(Q)、丶(Y)。

“氏无七”：指“氏”字没有中间的七，即字根“𠂆”。如：氏，𠂆(Q)、七(A)。

4. 第 4 区：捺区

41(Y)言文方广在四一，高头一捺谁人去

“在四一”：指“言文方广”字根在 41 这个键位上。

“高头”：指“高”字的头，即字根“亠”。如：高，亠(Y)、冂(M)、口(K)。

“谁人去”：指把“谁”字的“讠”和“亻”去掉，即字根“圭”。如：难，又(C)、亻(W)、圭(Y)。

42(U)立辛两点六门疒(病)

“两点”：指“冫”、“丷”、“丬”、“䒑”等字根。

43(I)水旁兴头小倒立

“水旁”：指“水”、“氵”、“氺”、“⺗”等字根。如：江，氵(I)、工(A)。

“兴头”：指“兴”字的头，即字根“⺍”和“䒑”。如：兴，䒑(I)、八(W)。

“小倒立”：指“小字”倒过来，即字根“⺌”和“⺍”。如：光，⺍(I)、儿(Q)。

44(O)火业头，四点米

“业头”：指“业”字的头，即字根“⺌”。如：业，⺌(O)、一(G)。

“四点”：指字根“灬”。如：杰，木(S)、灬(O)。

45(P)之宝盖，摘礻(示)衤(衣)

“之”：指“之”、“辶”、“廴”这 3 个字根。如：过，寸(F)、辶(P)。

“宝盖”：指“宝”字上半部分，即字根“宀”。如：安，宀(P)、女(V)。

“摘示衣”：指示字旁“礻”和衣补旁“衤”去掉“丶”、“丶”后的“礻”字根。如：社，礻(P)、丶(Y)、土(F)。

5. 第 5 区：折区

51(N)已半巳满不出己，左框折尸心和羽

“已半巳满不出己”：对已、巳、己这3个字的字型特点进行的描述。

“左框”：指方框开口向左，即字根“コ”。如：官，宀(P)、コ(N)、丨(H)、コ(N)。

“折”：指“乙”、“乙”、“乛”、“乚”、“㇆”等字根。

“心”：指“心”、“忄”这两个字根。如：怀，忄(N)、一(G)、小(I)。

52(B)子耳了也框向上

“框向上”：指方框开口向上，即字根“凵”。如：凶，乂(Q)、凵(B)。

53(V)女刀九臼山朝西

“山朝西”：指“山”字朝西，即字根“彐”。如：归，刂(J)、彐(V)。

54(C)又巴马，丢失矣

“丢失矣”：指“丢”字的下半部分和“矣”字的上半部分，即字根“厶”。

55(X)慈母无心弓和匕，幼无力

“慈母无心”：指“母”字没有中心的结构，即字根“𠃊”。如：母，𠃊(X)、一(G)、冫(U)。

“幼无力”：指“幼”字去掉旁边的“力”，即字根“幺”。如：慈，丷(U)、幺(X)、幺(X)、心(N)。

助记词读起来押韵，可方便记忆字根，在记忆时，应对照字根图，对助记歌上没有的特殊字根，要个别再记忆一下，这样会取得更好的效果。

3.3.2　总结规律记忆法

学习五笔字型输入法，记住字根是关键，五笔字型的字根分配是比较有规律的，主要体现在以下几点。

1. 部分字根形态相近

我们知道，键名汉字是这个键位的键面上所有字根中最具有代表性的，即每条助记词的第一个字。25个键位每键都对应一个键名汉字，因此，五笔字型把字源相同的字根（如〈N〉键上的心、忄，〈I〉键上的“水、氵”等）、形态相近的字根（如〈A〉键上的“艹、廾、廿”等）、便于联想的字根（如〈B〉键上的“耳、卩、阝”等）定义在同一个键位上，编码时使用同一个代码即同一个字母或区位码。例如，〈G〉键上的“王”和“五”，〈L〉键上的“田”和“四”，〈D〉键上的“大”和“犬”，〈P〉键上的“之”和辶，〈W〉键上的“人”和“八”等。

2. 字根首笔笔画代号与区号一致，次笔笔画与位号一致

例如，“戋”第一笔为横，次笔是横，在〈G〉键（编码11），如图3-5所示。

图3-5　戋：编码为11，在〈G〉键上

“贝”第一笔为竖，次笔是折，在〈M〉键（编码25），如图3-6所示。

图 3-6　贝:编码为 25,在〈M〉键上

“八”第一笔为撇,次笔是捺,在〈W〉键(编码 34),如图 3-7 所示。

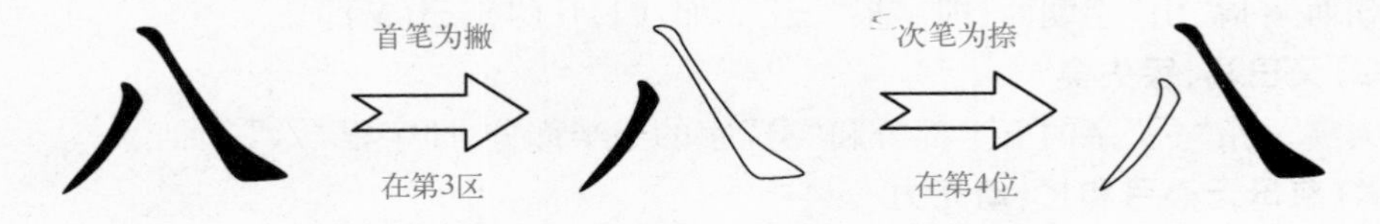

图 3-7　八:编码为 34,在〈W〉键上

“广”第一笔为捺,次笔是横,在〈Y〉键(编码 41),如图 3-8 所示。

图 3-8　广:编码为 41,在〈Y〉键上

“了”第一笔为折,次笔是竖,在〈B〉键(编码 52),如图 3-9 所示。

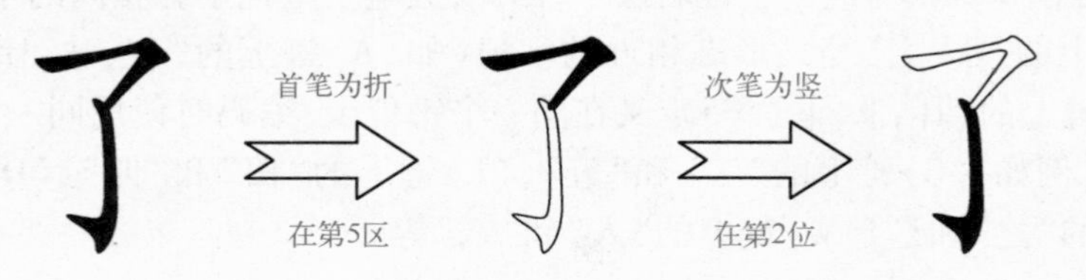

图 3-9　了:编码为 52,在〈B〉键上

3. 字根的笔画数与位号一致

单笔画“一、丨、丿、㇏、乙”都在第 1 位,两个单笔画的复合笔画如“二、刂、𠂊、冫、巜”都在第 2 位,3 个单笔画复合起来的字根“三、川、彡、氵、巛”,其位号都是 3,依次类推。它们的排列规律如图 3-10 所示。

还有 12 个不符合上述 3 个规律的字根,需要另外记忆,它们是“由(F)、镸(D)、西(S)、丁(S)、车(L)、力(L)、彳(T)、羽(N)、彐(V)、臼(V)、巴(C)、马(C)”。

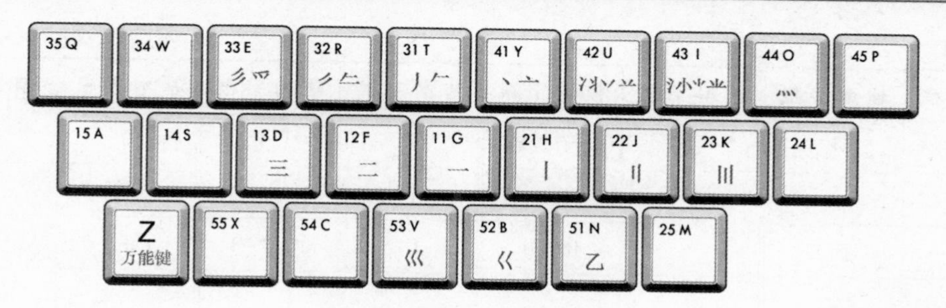

图 3-10　笔画排列规律

4. 框形字根的分布

方框〈L〉键口、上框〈B〉键凵、下框〈M〉键冂、左框〈N〉键コ、右框〈A〉键匚，如图 3-11 所示。

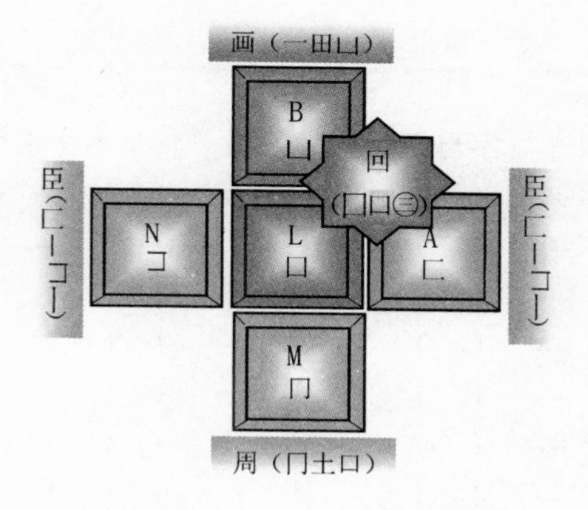

图 3-11　所有方框规律图

3.3.3　字根的对比记忆

上面我们介绍了如何记忆基本字根，记住了基本字根，再把那些与基本字根相似的辅助字根进行对比记忆，就可以彻底地记住所有字根。由于辅助字根与基本字根都非常相似，所以把它们放到一起进行对照记忆。对照表 3-2 只要看几遍，就能做到看到一个辅助字根，马上联想到相应的基本字根，从而达到彻底地记住所有字根的目的。

表 3-2　基本字根与辅助字根对照表

基本字根	辅助字根	基本字根	辅助字根	基本字根	辅助字根	基本字根	辅助字根
戈	弋	手	龵	犬	大	日	曰 罒
刂	刂 丿丨	四	罒 𦉰	夕	𠂊 夕	儿	几
川	川	金	钅	癶	癶	豕	𧰨 犭
𧘇	𧘇	手	扌 龵	斤	厂 斤	丷	丬
水	氺	小	⺌	业	⺗	辶	廴 之
宀	冖	己	已 巳	阝	耳 卩 㔾	纟	纟 幺

（续）

基本字根	辅助字根	基本字根	辅助字根	基本字根	辅助字根	基本字根	辅助字根
匕	⺊	乙	所有折笔	上	⺊⺊	月	⺝用
六	立	⺌	⺌⺌	心	忄⺗	尸	尸
子	孑了	艹	廿艹廾	厂	ナナ⺁	止	龰
又	マスム						

针对训练

练习内容：同位字根的对比记忆。

练习方法：根据下面辅助字根的提示写出它们同键位上的基本字根和对应的字母键。

辅助字根	基本字根	字母键	辅助字根	基本字根	字母键
弋	→（ ）	→（ ）	厶	→（ ）	→（ ）
厂	→（ ）	→（ ）	マ	→（ ）	→（ ）
廴	→（ ）	→（ ）	八	→（ ）	→（ ）
豕	→（ ）	→（ ）	扌	→（ ）	→（ ）
夕	→（ ）	→（ ）	刂	→（ ）	→（ ）
用	→（ ）	→（ ）	钅	→（ ）	→（ ）
尸	→（ ）	→（ ）	艹	→（ ）	→（ ）
手	→（ ）	→（ ）	龰	→（ ）	→（ ）
罒	→（ ）	→（ ）	ス	→（ ）	→（ ）
丬	→（ ）	→（ ）	⺗	→（ ）	→（ ）
耳	→（ ）	→（ ）	幺	→（ ）	→（ ）
已	→（ ）	→（ ）	ナ	→（ ）	→（ ）
亅	→（ ）	→（ ）	孑	→（ ）	→（ ）
廿	→（ ）	→（ ）	⻖	→（ ）	→（ ）
巳	→（ ）	→（ ）	⺊	→（ ）	→（ ）
皿	→（ ）	→（ ）			

3.3.4 易混字根对比记忆及辨析

在字根中有许多字根很相近，这是初学者在拆字过程中最大的困扰。其实要解决这个问题并不困难，只要对容易混淆的字根仔细分辨即可。下面就几种比较易混的字根进行简单的分析。

1. "癶"和"夗"

"癶"和"夗"这两个字根乍一看十分相近，但是在拆字过程中，如果混淆了这两个字根，就

会发现很多字根本无法拆出正确的字根，更谈不上输入了。“癶”字根在字母〈W〉键上；“夗”则是由两个基本字根组成的，即“夕(Q)、㔾(B)”。

例如：癸 癶 一 大 ㉃ (WGDU)

怨 夕 㔾 心 ㉃ (QBNU)

仔细分辨这两个字根，找出类似的字，细心地对比，就不难发现它们的区别，这样在拆字过程中也能提高速度。

2.“匕”和“七”

“匕”和“七”这两个字根看上去也很相似，拆分时要注意它们的起笔不同，字根所在区位与起笔有关。

例如：比 匕 匕 ㉄ (XXN)

东 七 小 ㉃ (AII)

使用“匕”和“七”这两个字根拆字的汉字也有不少，在拆分过程中遇到这类字根可按例字给出的方法进行拆分。

3.“厶”和“𠃋”

“厶”和“𠃋”这两个字根虽然只有一“丶”之差，但是如果不细加区分，拆字时也会错误连连，无法拆分需要的汉字。其中，“厶”在〈C〉键上，“𠃋”在〈N〉键上。

例如：充 亠 厶 儿 ㉄ (YCQB)

发 𠃋 丿 又 丶 (NTCY)

这两个字根并不多见，但也要弄清楚它们的区别，既方便拆字也方便记忆。

4.“彡”和“川”

“彡”和“川”这两个字根虽然在字形上非常相近，但它们的使用还是有很大区别的。“彡”的起笔走向是撇，字根在〈E〉键位上；而“川”的起笔是按竖算的。字根则是在〈K〉键上。

例如：须 彡 𠂆 贝 ㉂ (EDMY)

顺 川 𠂆 贝 ㉂ (KDMY)

5.“圭”和“圭”

“圭”和“圭”如果不仔细看，读者能看清楚这两个字的不同吗？现在来把它们的不同详细地介绍。“圭”字根是由两个一样的基本字根“土”组合而成的，它的输入方法是连击两次〈F〉键；而“圭”则是一个基本字根，它的键位是〈Y〉。

例如：佳 亻 土 土 ㊀ (WFFG)

谁 讠 亻 圭 ㊀ (YWYG)

如果再遇到这类的字，只要仔细观察，就会发现它们的区别。也可按照例字对照进行拆字练习。

6.“弋”和“戈”

“弋”和“戈”也是非常形近的一组字根，但它们的位置都是在〈A〉上，在输入过程中即使当时分不清楚，也还不至于影响拆字。它们使用上的区别主要体现在最末笔的识别上，“弋”的最末一笔为“丶”；“戈”的最末一笔是“丿”。初学者一定要分清楚这类区别。

例如:伐　亻　戈　(丿)　(WAT)

　　代　亻　弋　(丶)　(WAY)

7. "龵"和"𡗗"

"龵"和"𡗗"这两个字根不能说是相近了,如果不仔细看,几乎就是一样的。其实不然,仔细看一下,"龵"的起笔走向是撇,该字根位于〈R〉键;"𡗗"的起笔走向则是横,位于〈D〉键上。这下知道它们的根本区别在哪儿了吧?下面举例详细比较。

例如:看　龵　目　㊂　(RHF)

　　着　丷　𡗗　目　㊂　(UDHF)

在拆字过程中遇到这类字根一定要注意,按照上例进行分辨,就可拆出正确的字根。

3.3.5 字根强化记忆

学习五笔字型输入法,记住字根是关键,下面首先给出全部可拆分字根的拆分方法,以及由各个字根组成的例子,帮助读者快速、准确地记忆字根。

1. 第1区(横区)

第1区的字根是指〈G〉、〈F〉、〈D〉、〈S〉、〈A〉这5个键位上的字根分布,下面根据字根的口诀及例字的拆分,方便快速地记忆第1区的字根。

王 一 龶 戋 五 一 11G

王旁青头戋(兼)五一								
字根	字根拆分		例字					
王	王(键名)	GGGG	汪	氵王㊀	IGg①	玫	王攵(丶)	GTy
一	单笔画	GGLL	旦	日一㊁	JGF	武	一弋止㊂	GAHd
龶			表	龶𧘇(冫)	GEu	情	忄龶月㊀	NGEg
五	五一丨一	GGHG	吾	五口㊁	GKF	语	讠五口㊀	YGKg
戋	戋一一丿	GGGT	浅	氵戋(丿)	IGT	笺	⺮戋(丿丿)	TGR

① 大写字母表示简码,大小写共同使用则为全码。

土 二 士 干 串 十 寸 雨 12F 地

土士二干十寸雨								
字根	字根拆分		例字					
土	(键名)	FFFF	者	土丿日㊁	FTJf	坏	土一小(丶)	FGIy
士	士一丨一	FGHG	壬	丿士㊂	TFD	喜	土口䒑口	FKUk
二	二一一	FGG	奈	大二小(冫)	DFIU	贰	弋二贝(冫)	AFMI
干	干一一丨	FGGH	杆	木干(丨)	SFH	竿	⺮干(‖)	TFJ
十	十一丨	FGH	卉	十廾(‖)	FAJ	朝	十早月㊀	FJEg
寸	寸一丨丶	FGHY	将	丬夕寸(丶)	UQFy	衬	衤寸(丶)	PUFy
雨	雨一丨丶	FGHY	霞	雨コ丨又	FNHC	零	雨人丶マ	FWYC
串			革	廿串(‖)	AFj	靶	廿串巴(乙)	AFCn

大犬三龵(羊)古石厂								
字根	字根拆分		例字					
大	(键名)	DDDD	矢	𠂉大(冫)	TDU	头	冫大(氵)	UDI
犬	犬一丿丶	DGTY	吠	口犬(丶)	KDY	状	丬犬(丶)	UDY
三	三一一一	DGGG	邦	三丿阝(丨)	DTBh	拜	手三十(丨)	RDFH
古	古一丨一	DGHG	估	亻古(一)	WDg	舌	丿古(三)	TDD
厂	厂一丿	DGT	厅	厂丁(川)	DSk	原	厂白小(氵)	DRii
ナ			左	ナ工(二)	DAf	判	丷ナ刂(丨)	UDJH
丆			夏	丆目夂(冫)	DHTu	页	丆贝(冫)	DMU
ナ丶			龙	ナ丶匕(巛)	DXv	优	亻ナ丶乙(乙)	WDNn
石	石一丿一	DGTG	破	石广又(丶)	DHCy	泵	石水(冫)	DIU
龵			羊	丷龵(丨)	UDJ	详	讠丷龵(丨)	YUDh
⺶			羚	丷⺶人マ	UDWC	养	丷⺶乀刂	UDYJ
镸			套	大镸(冫)	DDU	肆	镸彐二丨	DVfh

木　西
丁
14S 要

木丁西								
字根	字根拆分		例字					
木	(键名)	SSSS	沐	氵木(丶)	ISY	查	木日一(一)	SJgf
丁	丁一丨	SGH	顶	丁丆贝(丶)	SDMy	盯	目丁	HSh
西	西一丨一	SGHG	要	西女(一)	Svf	醉	西一亠十	SGYf

工戈草头右框七								
字根	字根拆分		例字					
工	(键名)	AAAA	功	工力(乙)	ALn	空	宀八工(一)	PWaf
戈	戈一乙丿	AGNT	伐	亻戈(丿)	WAT	或	戈口一(一)	AKgd
弋	弋一乙丶	AGNY	代	亻弋(丶)	WAy	式	弋工(一)	AAd
艹	艹一丨丨	AGHH	花	艹亻匕(巛)	AWXb	垂	丿一艹土	TGAf
龷			共	龷八(冫)	AWu	曲	冂龷(一)	MAd
廾	廾一丿丨	AGTH	开	一廾(川)	GAk	奔	大十廾(川)	DFAj
廿	廿一丨一	AGHG	世	廿乙(巛)	ANv	革	廿串(一)	AFj
匚	匚一乙	AGN	医	匚𠂉大(氵)	ATDi	臣	匚丨乙丨	AHNh
七	七一乙	AGN	皂	白七(巛)	RAB	柒	氵七木(冫)	IASu

2. 第2区(竖区)

第2区的字根是指〈H〉、〈J〉、〈K〉、〈L〉、〈M〉这5个键位上的字根分布，下面根据字根的口诀及例字的拆分，方便快速地记忆第2区的字根。

目具上止卜虎皮

字根	字根拆分		例字					
目	（键名）	HHHH	睛	日龶月㊀	HGeg	省	小丿目㊁	ITHf
丨	（单笔画）	HHLL	布	ナ冂丨(‖)	DMHj	怎	𠂉丨二心	THFN
⺁			皮	⺁又(氵)	HCi	疲	疒⺁又(氵)	UHCi
虍			虎	虍七几(巛)	HAmv	滤	氵虍七心	IHAn
止	止丨丨一	HHHG	步	止小(〃)	HIr	芷	艹止㊁	AHF
且	月一	EGD	具	且八(冫)	HWu	值	亻十且㊀	WFHG
龰			走	土龰(冫)	FHU	蛋	乙龰虫(冫)	NHJu
上	上丨一一	HHGG	卡	上卜(冫)	HHU	叔	上小又(丶)	HICy
卜	卜丨丶	HHY	补	衤丶卜(丶)	PUHy	处	夂卜(氵)	THi
⺊			占	⺊口㊁	HKf	卤	⺊口乂(氵)	HLqi

日横早虫两竖依

字根	字根拆分		例字					
日	（键名）	JJJJ	明	日月㊀	JEg	题	日一龰贝	JGHM
曰	曰丨乙一	JHNG	最	日耳又(冫)	JBcu	里	日土㊂	JFD
⺲			临	刂𠂉丶⺲	JTYj	象	𠂊⺲豕(冫)	QJEu
早	日丨乙丨	JHNH	韩	十早二丨	FJFH	乾	十早𠂉乙	FJTn
虫	虫丨乙丶	JHNY	虹	虫工㊀	JAg	虱	乙丿虫(氵)	NTJi
刂	刂丨丨	JHH	到	一厶土刂	GCfj	别	口力刂(丨)	KLJh
丨丨			紧	丨丨又幺小	JCxi	坚	丨丨又土㊀	JCFf
刂			归	刂彐㊀	JVg	师	刂一冂丨	JGMh
川			齐	文川(‖)	YJJ	费	弓川贝(冫)	XJMu

口与川，二三里

字根	字根拆分		例字					
口	（键名）	KKKK	员	口贝(冫)	KMu	叶	口十(丨)	KFh
丨丨丨			带	一丨丨丨冖丨	GKPh	滞	氵一川丨	IGKh
川	川丿丨丨	KTHH	顺	川𠂆贝(丶)	KDmy	训	讠川(丨)	YKh

田甲方框四车力

字根	字根拆分		例字					
田	（键名）	LLLL	甸	勹田㊂	QLd	畴	田三丿寸	LDTf
甲	甲丨乙丨	LHNH	钾	钅甲(丨)	QLH	胛	月甲(丨)	ELH
囗	囗丨乙一	LHNG	图	囗夂冫(氵)	LTUi	回	囗口㊂	LKD
四	四丨乙一	LHNG	泗	氵四㊀	ILG	驷	马四㊀	CLG
罒			罗	罒夕(冫)	LQu	罢	罒土厶(冫)	LFCu

（续）

田　甲　罒
口　四　皿
皿　车　力
24L　国

字根	字根拆分		例字					
			田甲方框四车力					
罒			黑	罒土灬(冫)	LFOu	柬	一罒小(氵)	GLIi
皿	皿丨乙一	LHNG	温	氵日皿(二)	IJLg	盘	丿舟皿(二)	TELf
车	车一乙丨	LGnh	辆	车一冂人	LGMw	轰	车又又(冫)	LCCu
力	力丿乙	LTN	办	力八(氵)	LWi	夯	大力(巛)	DLB
罒			舞	𠂉罒一丨	RLGH			

山　由
贝　㗊
冂　几
25M　同

字根	字根拆分		例字					
			山由贝，下框几					
山	（键名）	MMMM	岖	山匚乂(丶)	MAQy	岩	山石(三)	MDF
由	由丨乙一	MHNG	邮	由阝(丨)	MBh	抽	扌由(一)	RMg
贝	贝丨乙丶	MHNY	则	贝刂(丨)	MJh	负	⺈贝(冫)	QMu
冂	冂丨乙	MHN	刚	冂乂刂(丨)	MQJh	币	丿冂丨(川)	TMHk
几	几丿乙	MTN	凡	几丶(氵)	MYi	风	冂乂(氵)	MQi
㗊			骨	㗊月(二)	MEf	髅	㗊月米女	MEOv

3. 第3区(撇区)

第3区的字根是指〈T〉、〈R〉、〈E〉、〈W〉、〈Q〉这5个键位上的字根分布，下面根据字根的口诀及例字的拆分，方便快速地记忆第3区的字根。

禾　𥝌　丿
竹　⺮　𠂉
彳　攵　夂
31T　和

字根	字根拆分		例字					
			禾竹一撇双人立，反文条头共三一					
禾	（键名）	TTTT	科	禾氵十(丨)	TUfh	乘	禾丬匕(巛)	TUXv
丿	（单笔画）	TTLL	么	丿厶(冫)	TCu	牧	丿扌攵(丶)	TRTy
𠂉			乍	𠂉丨二(三)	THFd	每	𠂉母一氵	TXGu
彳	彳丿丿丨	TTTH	行	彳二丨(丨)	TFhh	彷	彳方(乙)	TYN
夂	夂丿乙丶	TTNY	条	夂木(氵)	TSu	处	夂卜(氵)	THi
攵	攵丿一丶	TTGY	改	己攵(丶)	NTY	枚	木攵(丶)	STY
竹	竹丿一丨	TTGH	答	⺮人一口	TWgk	箫	⺮彐小川	TVIJ

白　厂　乡
手　扌　手
𠂉　斤　斤
32R　的

字根	字根拆分		例字					
			白手看头三二斤					
白	（键名）	RRRR	皎	白六乂(丶)	RUQy	皂	白七(巛)	RAB
手	手丿一丨	RTGH	掌	⺌冖口手	IPKR	拳	龹大手(刂)	UDRj
扌	扌一丨一	RGHG	找	扌戈(丿)	RAt	拖	扌𠂉也(乙)	RTBn
𡗗			看	𡗗目(三)	RHF	拜	手三十(丨)	RDFH

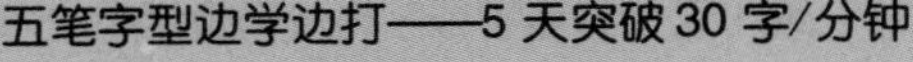

（续）

白手看头三二斤								
字根	字根拆分		例字					
⺁			忽	勹⺁心⑤	QRNu	扬	扌乙⺁①	RNRt
斤			拆	扌斤丶⊙	RRYy	新	立木斤①	USRh
厂	斤丿丿丨	RTTH	质	厂十贝⑤	RFMi	后	厂一口㊂	RGkd
𠂉			年	𠂉丨十⑩	RHfk	牛	𠂉丨⑩	RHK
𠂢			兵	𠂢一八⑤	RGWu	岳	𠂢一山⑪	RGMj

月彡（衫）乃用家衣底								
字根	字根拆分		例字					
月	（键名）	EEEE	肝	月干①	EFh	肩	丶尸月㊂	YNED
⺝			助	⺝一力Ⓩ	EGLn	县	⺝一厶⑤	EGCu
用	用丿乙丨	ETNH	佣	亻用①	WEH	拥	扌用①	REH
彡	彡丿丿丿	ETTT	衫	衤冫彡①	PUEt	彩	爫木彡①	ESEt
爫			采	爫木⑤	ESu	乳	爫子乙Ⓩ	EBNn
乃	乃丿乙	ETN	扔	扌乃Ⓩ	REn	及	乃㇏⑤	EYi
豕	豕一丿丶	EGTY	家	宀豕⑤	PEu	逐	豕辶⑤	EPI
𧰨			象	𠂊罒𧰨⑤	QJEu	像	亻𠂊罒𧰨	WQJe
⺕			豹	爫⺕勹丶	EEQY	貌	爫⺕刀口	EEVk
𧘇			衣	亠𧘇⑤	YEu	滚	氵六厶𧘇	IUCe
⺢			退	彐⺢辶⑤	VEPi	良	丶彐⺢⑤	YVei
𠂨			舟	丿𠂨⑤	TEI	航	丿𠂨亠几	TEYm

人和八，三四里								
字根	字根拆分		例字					
人	（键名）	WWWW	夫	二人⑤	FWi	合	人一口㊀	WGKf
八	八丿丶	WTY	其	艹三八⑤	ADWu	益	丷八皿㊀	UWLf
亻	亻丿丨	WTH	供	亻艹八⊙	WAWy	段	亻三几又	WDMc
癶			登	癶一口丷	WGKU	葵	艹癶一大	AWGd
𠔿			祭	𠔿二小⑤	WFIu	蔡	艹𠔿二小	AWFi

金勺缺点无尾鱼，犬旁留叉儿一点夕，氏无七								
字根	字根拆分		例字					
金	（键名）	QQQQ	鉴	刂𠂉丶金	JTYQ	鑫	金金金㊀	QQQF
钅	钅丿一乙	QTGN	铁	钅𠂉人⊙	QRwy	钓	钅勹丶⊙	QQYY
𩵋			鱼	𩵋一㊀	QGF	鲁	𩵋一日㊀	QGJf
儿	儿丿乙	QTN	见	冂儿ⓚ	MQB	免	𠂊口儿ⓚ	QKQb
𠘨			流	氵亠厶𠘨	IYCq	侃	亻口𠘨Ⓩ	WKQn

（续）

字根	字根拆分		例字					
			金勺缺点无尾鱼，犬旁留㐅儿一点夕，氏无七					
勹	勹丿乙	QTN	勾	勹厶(氵)	QCI	鸟	勹丶乙一	QYNG
乂			义	丶乂(氵)	YQi	仪	亻丶乂(丶)	WYQy
犭			狗	犭丿勹口	QTQk	犯	犭丿㔾(乙)	QTBn
夕	夕丿乙丶	QTNY	外	夕卜(丶)	QHy	名	夕口(二)	QKf
𠂊			角	𠂊用(刂)	QEj	危	𠂊厂㔾(巜)	QDBb
夕			炙	夕火(冫)	QOu	然	夕犬灬(冫)	QDou
𠂆			氏	𠂆七(巛)	QAv	乐	𠂆小(氵)	QIi

4. 第4区(捺区)

第4区的字根是指〈Y〉、〈U〉、〈I〉、〈O〉、〈P〉这5个键位上的字根分布，下面根据字根的口诀及例字的拆分，方便快速地记忆第4区的字根。

字根	字根拆分		例字					
			言文方广在四一，高头一捺谁人去					
言	(键名)	QQQQ	信	亻言(一)	WYg	詹	𠂊厂八言	QDWy
丶		YYLL	义	丶乂(氵)	YQi	良	丶彐𧘇(氵)	YVei
文	文丶一㇏	YYGY	刘	文刂(丨)	YJh	齐	文口(二)	YKF
方	方丶一乙	YYGN	访	讠方(乙)	YYN	旁	立冖方(巜)	UPYb
讠	讠丶乙	YYN	计	讠十(丨)	YFh	读	讠十乙大	YFNd
亠	亠丶一	YYG	充	亠厶儿(巜)	YCqb	亢	亠儿(巜)	YMB
㐫			高	㐫冂口(二)	YMkf	就	㐫小尢乙	YIdn
广	广丶一丿	YYGT	庆	广大(氵)	YDi	庙	广由(三)	YMD
主			谁	讠亻主(一)	YWYG	售	亻主口(二)	WYKf
㇏			久	𠂊㇏(氵)	QYi	长	丿七㇏(氵)	TAyi

字根	字根拆分		例字					
			立辛两点六门疒(病)					
立	(键名)	UUUU	竞	立日儿(巜)	UJQb	竖	刂又立(二)	JCUf
辛	辛丶一丨	UYGH	辣	辛一口小	UGKi	辞	丿古辛(丨)	TDUH
六	六丶一丶	UYGY	交	六乂(冫)	UQu	滚	氵六厶𧘇	IUCe
立			商	立冂八口	UMwk	摘	扌立冂古	RUMd
门	门丶丨乙	UYHN	闪	门人(氵)	UWi	问	门口(三)	UKD
疒	疒丶一一	UYGG	病	疒一冂人	UGMw	痕	疒彐𧘇(氵)	UVEi
䒑			普	䒑业一日	UOgj	兼	䒑彐小(冫)	UVOu
丬	丬丶一丨	UYGH	将	丬夕寸(丶)	UQFy	北	丬匕(乙)	UXn
冫			头	冫大(氵)	UDI	补	礻卜(丶)	PUHy
冫	冫丶一	UYG	冲	冫口丨(丨)	UKHh	习	乙冫(三)	NUd
丷			美	丷王大(氵)	UGDU	羊	丷手(刂)	UDJ

水旁兴头小倒立								
字根	字根拆分		例字					
水	（键名）	IIII	冰	冫水(丶)	UIy	泵	石水(冫)	DIU
氺			永	丶乙氺(氵)	YNIi	承	了三氺(氵)	BDii
⺍			脊	人月㊁	IWEf	逃	⺍儿辶(巛)	IQPv
氺			黎	禾勹丿氺	TQTi	暴	日艹八氺	JAWi
氵	氵丶丶一	IYYG	江	氵工㊀	IAg	汇	氵匚(乙)	IAN
⺌			举	⺌八二丨	IWFh	俭	亻人一⺌	WWGI
⺍			学	⺍冖子㊁	IPbf	觉	⺍冖冂儿	IPMQ
⺌			光	⺌儿(巜)	IQb	辉	⺌儿冖车	IQPL
小	小丨丿丶	IHty	京	亠口小(冫)	YIU	尖	小大(冫)	IDu
⺌			肖	⺌月㊁	IEf	尝	⺌冖二厶	IPFc

火业头，四点米								
字根	字根拆分		例字					
火	（键名）	OOOO	炎	火火(冫)	OOu	煤	火艹二木	OAfs
业			业	业一㊂	OGd	亚	一业一㊂	GOGd
亦			亦	亠亦(冫)	YOU	变	亠亦又(冫)	YOcu
灬	灬丶丶丶	OYYY	热	扌九丶灬	RVYO	燕	廿丬口灬	AUko
米	米丶丿丶	OYty	粉	米八刀(乙)	OWvn	来	一米(氵)	GOi

之宝盖，摘礻(示)衤(衣)								
字根	字根拆分		例字					
之	（键名）	PPPP	芝	艹之(冫)	APu	乏	丿之(氵)	TPI
辶	辶丶乙丶	PYNY	进	二川辶(川)	FJpk	迎	𠂉卩辶(川)	QBPk
廴	廴乙丶	PNY	延	丿止廴㊂	THPd	建	彐二丨廴	VFHP
宀	宀丶丶乙	PYYN	定	宀一止(冫)	PGhu	守	宀寸(冫)	PFu
冖	冖丶乙	PYN	军	冖车(刂)	PLj	农	冖𧘇(氵)	PEI
礻			社	礻丶土㊀	PYfg	神	礻丶日丨	PYJh

5. 第5区(折区)

第5区的字根是指〈N〉、〈B〉、〈V〉、〈C〉、〈X〉这5个键位上的字根分布，下面根据字根的口诀及例字的拆分，方便快速地记忆第5区的字根。

已半巳满不出己，左框折尸心和羽								
字根	字根拆分		例字					
已	（键名）	NNNN						
乙	（单笔画）	NNLL	乞	𠂉乙(巛)	TNB	艺	艹乙(巛)	ANB
巳	巳乙一乙	NNGN	导	巳寸(冫)	NFu	包	勹巳(巛)	QNv

（续）

字根	字根拆分		例字					
			已半巳满不出己，左框折尸心和羽					
己	己乙一乙	NNGN	忌	已心(冫)	NNU	记	讠己(乙)	YNn
コ			官	宀コ丨コ	PNhn	假	亻コ丨又	WNHc
尸	尸乙一丿	NNGT	层	尸二厶(氵)	NFCi	户	丶尸(彡)	YNE
𡰪			声	士𡰪(丿丿)	FNR	眉	𡰪目㊂	NHD
心	心丶乙丶	NYny	志	士心(冫)	HNU	必	心丿(彡)	NTe
忄	忄丶丨丶	NYHY	怕	忄白㊀	NRg	忆	忄乙(乙)	NNn
⺗			添	氵一大⺗	IGDn	恭	龷八⺗(冫)	AWNU
羽	羽乙丶一	NNYg	翅	十又羽㊂	FCNd	翟	羽亻圭㊀	NWYF

字根	字根拆分		例字					
			子耳了也框向上					
子	（键名）	BBBB	仔	亻子㊀	WBG	字	宀子㊀	PBf
孑	孑乙丨一	BNHG	孔	子乙(乙)	BNN	孙	孑小(丶)	BIy
了	了乙丨	BNH	辽	了辶(川)	BPk	亨	古了(刂)	YBJ
也	也乙丨乙	BNHN	池	氵也(乙)	IBn	施	方𠂉也(乙)	YTBn
阝	阝乙丨	BNH	阳	阝日㊀	BJg	邓	又阝(丨)	CBh
卩	卩乙丨	BNH	叩	口卩(丨)	KBH	卫	卩一㊂	BGd
耳	耳一丨一	BGHg	茸	艹耳㊀	ABF	耶	耳阝(丨)	BBH
㔾			郑	丷大阝(丨)	UDBh	创	人㔾刂(丨)	WBJh
凵	凵乙丨	BNH	凶	乂凵(川)	QBk	画	一田凵(刂)	GLbj
巜			鄰	米夕匚巜	OQAB			

字根	字根拆分		例字					
			女刀九臼山朝西					
女	（键名）	VVVV	好	女子㊀	VBg	妄	亠乙女㊀	YNVF
巛	巛乙乙乙	VNNN	巡	巛辶(巛)	VPv	巢	巛日木(冫)	VJSu
刀	刀乙丿	VNt	切	七刀(乙)	AVn	刃	刀丶(氵)	VYI
九	九丿乙	VTn	旭	九日㊂	VJd	旮	九日㊀	VJF
臼	臼丿丨一	VTHg	叟	臼丨又(冫)	VHCu	臾	臼人(氵)	VWI
彐	彐乙一一	VNGg	扫	扌彐㊀	RVg	寻	彐寸(冫)	VFu

字根	字根拆分		例字					
			又巴马，丢失矣					
又	（键名）	CCCC	叉	又丶(氵)	CYI	假	亻コ丨又	WNHc
厶	厶乙丶	CNY	坛	土二厶(丶)	FFCy	参	厶大彡(彡)	CDer
マ			令	人丶マ(冫)	WYCu	预	マ卩𠂆贝	CBDm

（续）

又巴马，丢失矣								
字根	字根拆分		例字					
ス			劲	ス工力㉒	CALn	径	彳ス工㊀	TCAg
巴	巴乙丨乙	CNHN	吧	口巴㉒	KCn	邑	口巴㉎	KCB
马	马乙乙一	CNng	骑	马大丁口	CDSk	码	石马㊀	DCG

慈母无心弓和匕，幼无力								
字根	字根拆分		例字					
纟	（键名）	XXXX	纺	纟方㉒	XYn	纱	纟小丿①	XItt
幺	幺乙乙丶	XNNY	幼	幺力㉒	XLN	素	龶幺小㊂	GXIu
纟			乡	纟丿㊂	XTE	雍	亠纟丿龶	YXTy
匕	匕丿乙	XTN	北	丬匕㉒	UXn	能	厶月匕匕	CExx
⺊			顷	匕丆贝㊀	XDmy	倾	亻匕丆贝	WXDm
毋			母	毋一冫㊂	XGUi	毋	毋ナ㊂	XDE
ㄣ			互	一毋一㊂	GXgd	缘	纟彑豕㊀	XXEy
弓	弓乙一乙	XNGN	引	弓丨①	XHh	夷	一弓人㊂	GXWi

第4天 五笔规则边学边打

掌握了五笔字型字根的分布以后我们来学习五笔字型的编码规则。汉字是由字根通过不同的位置关系构成的。五笔字型输入法正是以汉字的这一结构特点为原理,用优化选择出的130种基本字根组合出成千上万不同的汉字,本章学习如何使用五笔字型输入法输入汉字。

4.1 汉字拆分的基本原则

由字根通过连或交的关系形成汉字的过程是一个正过程,现在我们要学习的则是它的逆过程——拆字。拆字就是把任意1个汉字拆分为几个基本字根,这也是五笔字型输入法在电脑中输入汉字的过程。

4.1.1 汉字拆分的基本原则

拆字就是把1个汉字拆分为几个独立的字根,拆分一个汉字应遵循的基本原则如下。

1）对于连笔结构的汉字应该拆成单笔和基本字根。例如:“千”拆成“丿、十”;“主”拆成“丶、王”等。

2）对于交叉结构或交连混合结构的汉字,则按笔画的书写顺序拆分成几个已知的最大字根。怎样区分最大字根呢？当增加一个单笔画时,如不能再构成已知字根,此字根即为已知的最大字根。例如“东”只能拆成“七、小”,而不能拆成“一、乙、小”。

上述规则叫做“单体结构拆分原则”。拆分原则可以归纳为“书写顺序,取大优先,兼顾直观,能散不连,能连不交。”

1. 书写顺序

五笔字型规定,当遇到“合体字”时,一定要按照正确的书写顺序进行拆分,特别要记住“先写先拆,后写后拆”的原则。

“先写先拆,后写后拆”指的是按书写顺序,笔画在前则先拆,笔画在后则后拆。例如“夷、衷”两个汉字的拆分顺序如图4-1所示。

2. 取大优先

“取大优先”,也叫做“优先取大”,这有以下两层意思。

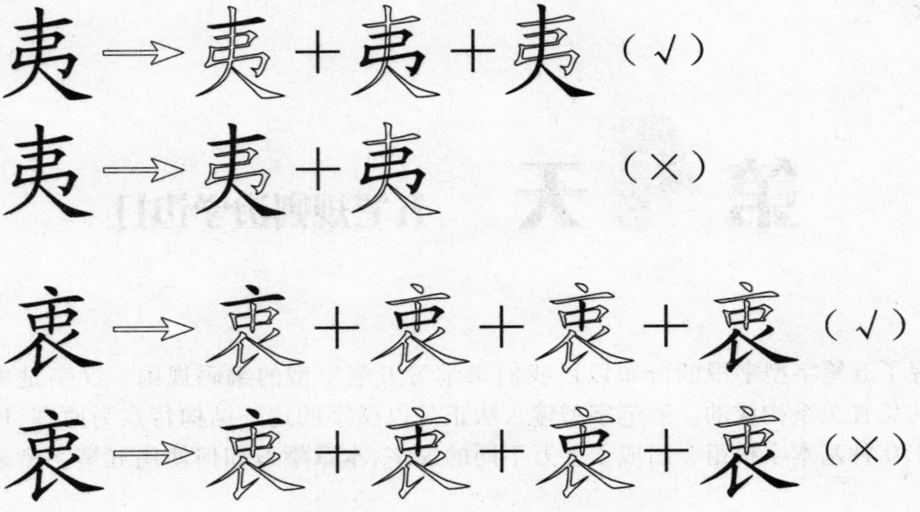

夷 → 夷 + 夷 + 夷 （√）

夷 → 夷 + 夷 （×）

衷 → 衷 + 衷 + 衷 + 衷 （√）

衷 → 衷 + 衷 + 衷 + 衷 （×）

图 4-1　按“书写顺序”拆分原则

1）拆分汉字时，拆分出的字根数应最少。

2）当有多种拆分方法时，应取前面字根大（笔画多）的那种。

也就是说，按书写顺序拆分汉字时，应当以“再添加一个笔画便不能称其为字根”为限度，每次都拆取一个“尽可能大”的，即“尽可能笔画多”的字根。下面我们再看图 4-2 中所列的各种按取大优先原则拆分的汉字。

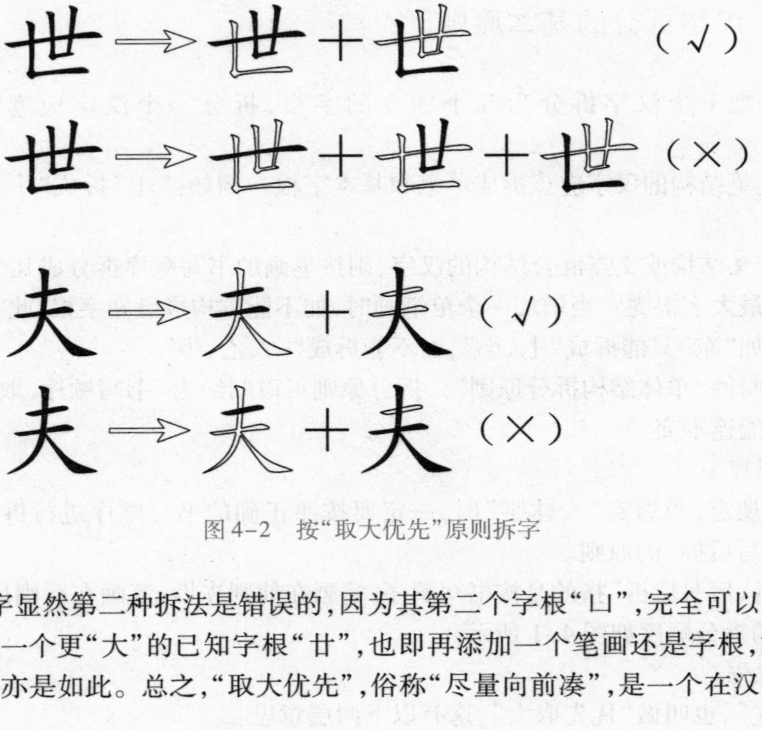

世 → 世 + 世 （√）

世 → 世 + 世 + 世 （×）

夫 → 夫 + 夫 （√）

夫 → 夫 + 夫 （×）

图 4-2　按“取大优先”原则拆字

对于“世”字显然第二种拆法是错误的，因为其第二个字根“凵”，完全可以和第一个笔画“一”结合，形成一个更“大”的已知字根“廿”，也即再添加一个笔画还是字根，故这种方法是不对的，“夫”字亦是如此。总之，“取大优先”，俗称“尽量向前凑”，是一个在汉字拆分中最常

用的基本原则。

注意事项

按取大优先的原则“未”字和“末”字都能拆成“二、小”。五笔字型输入法规定“未”字拆成“二、小”，而“末”字拆为“一、木”，以区别这两个字的编码。

3. 兼顾直观

拆分汉字时，为了照顾汉字字根的完整性，有时不得不暂且牺牲一下“书写顺序”和“取大优先”的原则，形成少数例外的情况。

例如“固”字和“自”字的拆分方法就与众不同，如图 4-3 所示。

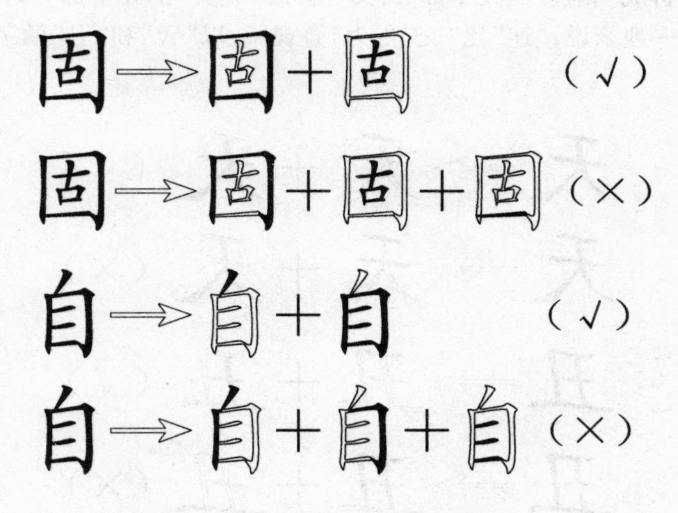

图 4-3 按“兼顾直观”原则拆字

固：按“书写顺序”，应拆成：“冂 古 一”，但这样拆，便破坏了汉字构造的直观性，故只好违背“书写顺序”原则，拆做“口 古”了（况且这样拆符合字源）。

自：按“取大优先”，应拆成“亻乙三”，但这样拆，不仅不直观，而且也有悖于“自”字的字源，这个字是指事字，意思是“一个手指指着鼻子”，故只能拆成“丿目”。这叫做“兼顾直观”。

4. 能散不连

如果一个汉字的结构可以视为几个字根的“散”关系，则不要视为“连”关系。但是有的时候，一个汉字被拆成的几个字根之间的关系，可能在“散”和“连”之间模棱两可，难以确定。遇到这种情况时处理的原则是，只要不是单笔画，都按“散”关系处理。图 4-4 以“否、占、自”来说明具体字型的判断。

“能散不连”在汉字拆分时主要用来判断汉字的字型，字根间按“散”处理，便是上下型，按“连”处理，便是杂合型。

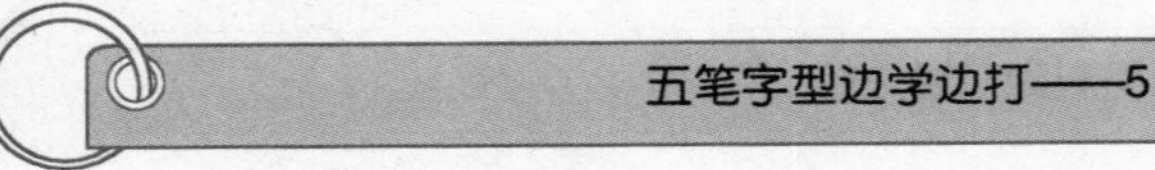

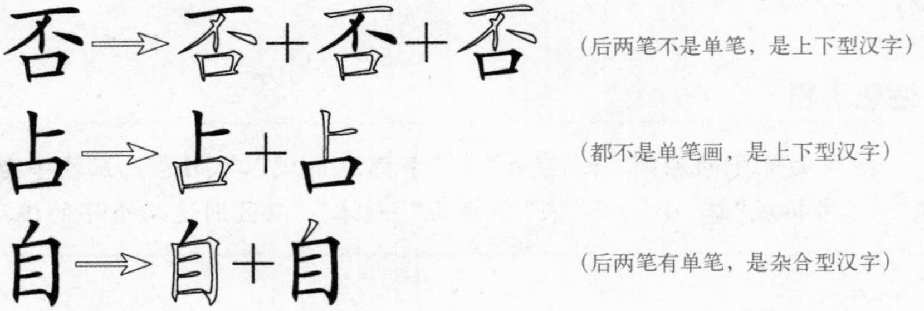

否→否+否+否　（后两笔不是单笔，是上下型汉字）

占→占+占　（都不是单笔画，是上下型汉字）

自→自+自　（后两笔有单笔，是杂合型汉字）

图 4-4　用“能散不连”判断字型

5. 能连不交

当一个字既可拆成“相连”的几个部分，又可拆成“相交”的几个部分时，我们认为“相连”的拆法正确。因为一般来说，“连”比“交”更为“直观”。以“天”和“丑”两字为例，它们的拆分方法如图 4-5。

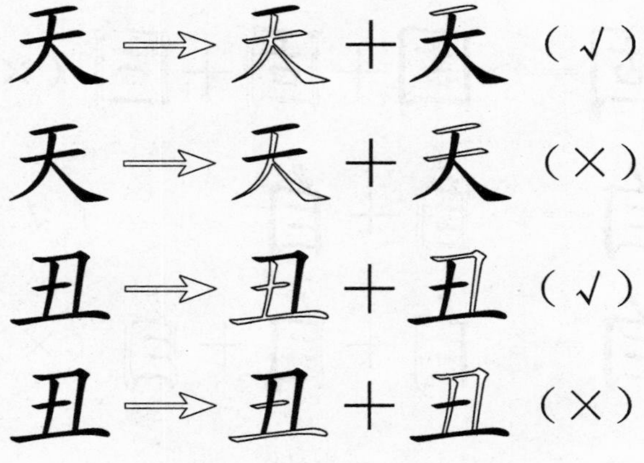

天→天+天（√）

天→天+天（×）

丑→丑+丑（√）

丑→丑+丑（×）

图 4-5　按“能连不交”原则拆字

一个单笔画与字根“连”在一起，或一个孤立的点处在一个字根附近，这样的笔画结构，叫做“连体结构”。以上“能连不交”的原则，可以指导我们正地对“连体结构”进行拆分。

针对训练

练习内容：字根记忆及拆分练习。

练习方法：把第 3 章“3.3.5 字根强化记忆”中例字进行拆分练习，达到熟悉拆分规则，巩固字根记忆的目的。

4.1.2　常见非基本字根的拆分

表 4-1 ~ 表 4-5 为常见非基本字根拆分表，其中各个字符的组字频率比较高，熟练掌握这

些字符的拆分有助于提高的汉字的拆分能力，可以达到快速输入汉字的目的。随着水平的不断提高，就能逐步做到见字自然知其字根、知其拆分和编码。

表4–1　常见非基本字根拆分表(横起笔)

字符	拆　分	字符	拆　分	字符	拆　分	字符	拆　分	字符	拆　分	字符	拆　分
弋	七丿	末	一木	才	十丿	灭	一火	百	丆日	夫	二人
臣	匚丨コ丨	[illegible]	二刂一	求	十㐅丶	太	大丶	甫	一月丨丶	下	一卜
四	匚儿	井	二川	丐	一卜乙	[illegible]	大丷	不	一小	未	二小
巨	匚コ	韦	二乙丨	巫	工人人	丈	ナ丶	爽	大乂乂乂	[illegible]	一冂艹
瓦	一乙丶乙	[illegible]	干丷	世	廿乙	兀	一儿	击	二山	市	亠冂丨
旡	匚儿	𢦏	十戈	甘	艹二	尤	尢乙	于	一十	丙	一冂人
无	二儿	耒	三小	[illegible]	艹三	夹	一丷人	夷	一弓人	牙	匚丨丿
正	一止	非	三刂三	革	廿申	与	一乙一	严	一业厂	戒	戈廾
西	西一	吏	一口乂	辰	厂二𠄌	屯	一凵	互	一彑一	[illegible]	一丿龶
丰	三丨	[illegible]	一口丨冖	东	七小	[illegible]	一彐止	犮	ナ又	成	厂乙乙丿
[illegible]	龶勹	再	一冂土	[illegible]	七乙八	万	厂乙	死	一夕匕	页	丆贝
[illegible]	十丷	考	土丿一乙	歹	一夕	豕	豕丶	咸	厂一口丿	戊	厂一乙丿

表4–2　常见非基本字根拆分表(竖起笔)

字符	拆　分	字符	拆　分	字符	拆　分	字符	拆　分	字符	拆　分	字符	拆　分
县	月一厶	卤	⺊口乂	巾	冂丨	电	曰乙	[illegible]	冂刂三	[illegible]	廿口龶
曲	冂艹	申	曰丨	央	冂大	[illegible]	冂刂	曳	曰匕	册	冂冂一
丹	冂亠	甩	月乙	[illegible]	罒土	见	冂儿	[illegible]	冂艹	[illegible]	口丨一
冉	冂土	禺	曰冂丨丶	果	曰木	史	口乂	[illegible]	口儿	里	曰土
[illegible]	刂𠂉丶	少	小丿	[illegible]	曰十						

表4–3　常见非基本字根拆分表(撇起笔)

字符	拆　分	字符	拆　分	字符	拆　分	字符	拆　分	字符	拆　分	字符	拆　分
乎	丿丷丨	舟	丿丹	壬	丿士	风	几乂	朱	𠂉小	毛	丿二乙
[illegible]	爫彐	[illegible]	厂彐乙	丢	丿土厶	夂	夂丶	[illegible]	𠂉Ⅲ一	午	𠂉十
乏	丿之	斥	斤丶	熏	丿一四灬	勿	勹彡	夭	丿大	气	𠂉乙
臾	臼人	[illegible]	厂コ	重	丿一日土	勺	勹丿	矢	𠂉大	[illegible]	白丿
鱼	鱼一	瓜	厂厶㇏	生	丿龶	[illegible]	𠂆丿	失	𠂉人	身	丿冂三丿
犭	犭丿	[illegible]	亻二车乙	[illegible]	丿土	[illegible]	𠂆丶	千	丿十	禹	丿口冂丶
乌	勹乙一	乐	𠂇小	升	丿廾	勺	勹丶	牜	丿扌	自	亻ココ
长	丿七㇏	爪	厂丨八	乇	丿七	匈	勹乂凵	我	丿扌乙丿	角	𠂊月
垂	丿一艹士	币	丿冂丨	卤	丿十白	饣	𠂊乙	[illegible]	亻三	鸟	勹丶乙一
缶	𠂉山	自	丿目	秉	丿一彐小	牛	𠂉丨	囱	丿口夕	[illegible]	𠂆丶丿
[illegible]	𠂉止	免	𠂊口儿	舌	丿古	[illegible]	丿止	丘	斤一	氏	𠂆七
[illegible]	𠂉冂丨	久	𠂊丶								

表 4-4　常见非基本字根拆分表(捺起笔)

字符	拆　分	字符	拆　分	字符	拆　分	字符	拆　分	字符	拆　分	字符	拆　分
羊	丷手	亥	亠乙丿人	户	丶尸	亡	亠乙	北	丬匕	义	丶乂
𦍌	丷𫠠	州	丶丿丶丨	良	丶彐𧘇	声	广コ丨丨	𠂹	丿米丨	尢	冖儿
𦍒	丷手⺍	兆	⺍儿	永	丶乙八	礻	礻丶	脊	⺍人月	产	立丿
𭕄	⺍冖	关	丷大	隺	冖亻主	衤	礻冫	并	丷廾	酋	丷西一
㐫	文凵	首	丷丿目	半	丷十	农	冖𧘇				

表 4-5　常见非基本字根拆分表(折起笔)

字符	拆　分	字符	拆　分	字符	拆　分	字符	拆　分	字符	拆　分	字符	拆　分
丑	乙土	臧	厂乙𠂆丿	叉	又丶	𦣝	コ丨コ	弗	弓丨丨	亟	了口又一
爿	乙丨𠂆	卫	卩一	予	マ卩	𠂤	コ丨二	𦘒	乙耳	母	𠃊一⺀
尹	彐丿	丞	了八一	发	乙丿又丶	尺	尸丶	夬	コ人	乡	幺丿
肀	彐日丨	𤴓	乙止	刃	刀丶	𠬝	卩又	⺆	刀二	幽	幺幺山
隶	彐水	疋	乙止	出	凵山	毋	𠂆ナ	飞	乙⺀	𢀖	乙彡
艮	彐厶	乜	乙乙	刁	乙一	彑	𠂆一	书	乙乙丨		

针对训练

练习内容:常见非基本字根拆分练习。

练习方法:把表 4-1 ~ 表 4-5 中的字符进行独立拆分练习,然后与正确结果对照,反复练习几遍,达到能熟练准确拆分的程度。

4.2　键面字的输入

五笔字型将汉字编码规则划分为键面上有的汉字和键面上没有的汉字两大类。键面字包括键名汉字、成字字根和 5 个单笔画。下面将分别介绍它们的编码规则。

4.2.1　键名汉字的输入

各个键上的第一个字根,即“助记词”中打头的那个字根,我们称之为“键名”,键名汉字的输入如图 4-6 所示。

键名汉字的输入方法是:把所在的键连敲 4 下(不需敲空格键)。

例如:

王(GGGG)　　金(QQQQ)　　月(EEEE)

目(HHHH)　　工(AAAA)　　大(DDDD)

禾(TTTT)　　口(KKKK)　　又(CCCC)

因此,把每一个键都连敲 4 下,即可输入 25 个作为键名的汉字。“键名”都是一些组字频

率较高，且有一定代表性的字根，所以要熟练掌握。

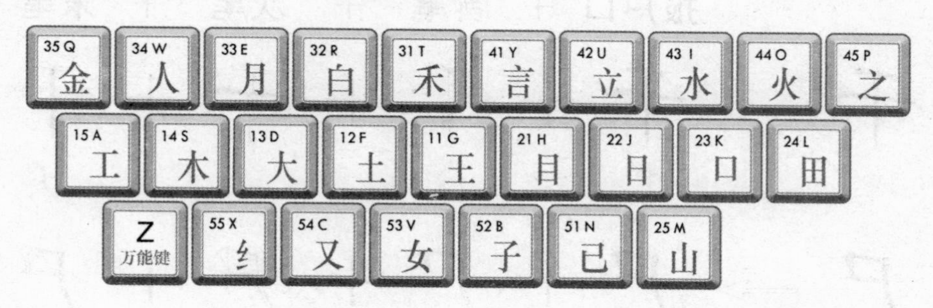

图4-6　键名汉字的分布

经验之谈

有些键名汉字也是简码，不用击全4次就可输入，只要在输入的过程中，注意看一下输入法状态条上的提示。

4.2.2　成字字根的输入

1. 成字字根的输入方法

字根总表之中，除键名以外，自身为汉字的字根，称之为“成字字根”，简称“成字根”。除键名外，成字根一共有102个，如表4-6所示。

表4-6　成字字根表

区　号	成字字根
1区	一五戋，士二干十寸雨，犬三古石厂，丁西，戈弋艹廾匚七
2区	卜上止丨，曰刂早虫，川，甲囗四皿车力，由贝冂几
3区	竹攵夂彳丿，手扌斤，彡乃用豕，亻八，钅勹儿夕
4区	讠文方广亠，辛六冫疒门，氵小，灬米，辶廴宀冖
5区	己巳尸心羽乙，子耳阝卩了也凵，刀九臼彐，厶巴马，幺弓匕

成字字根的输入方法为：先敲字根本身所在的键（称之为“报户口”），再根据“字根拆成单笔画”的原则，敲它的第一个单笔画、第二个单笔画，以及最后一个单笔画所在的键，不足4键时，加敲一个空格键。这样的输入方法，可以写成一个公式：

报户口＋首笔＋次笔＋末笔（不足四码，加打空格键）

成字根的编码法，体现了汉字分解的一个基本规则：遇到字根，报完户口，拆成笔画。为了让读者更好的理解成字字根的输入方法，下面举例说明。

1）刚好3画。成字字根刚好3画时，报户口后依次输入单笔画即可，如图4-7所示。

2）超过3画。成字字根超过3画时，报户口后依次输入第一、第二及末笔画即可，如图4-8所示。

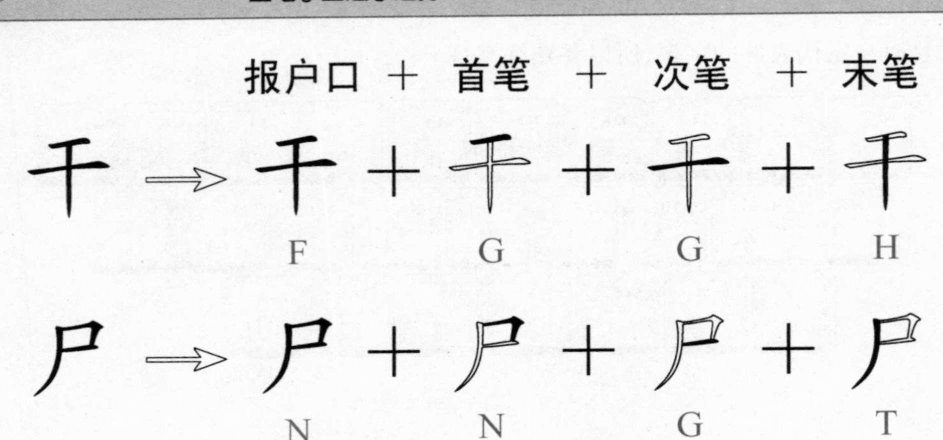

图4-7　刚好3画的成字字根的输入举例

报户口 ＋ 首笔 ＋ 次笔 ＋ 末笔

虫→虫＋虫＋虫＋虫

J H N Y

石→石＋石＋石＋石

D G T G

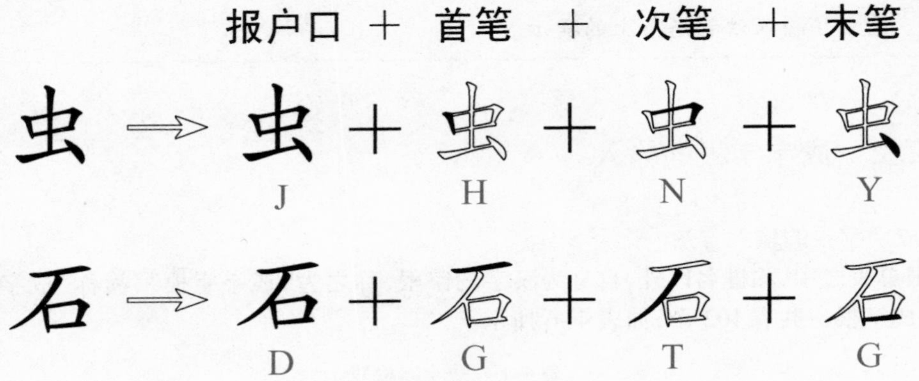

图4-8　超过3画的成字字根的输入举例

3）不足3画。成字字根不足3画时,报户口后依次输入第一、第二笔后再击一次空格键即可,如图4-9所示。

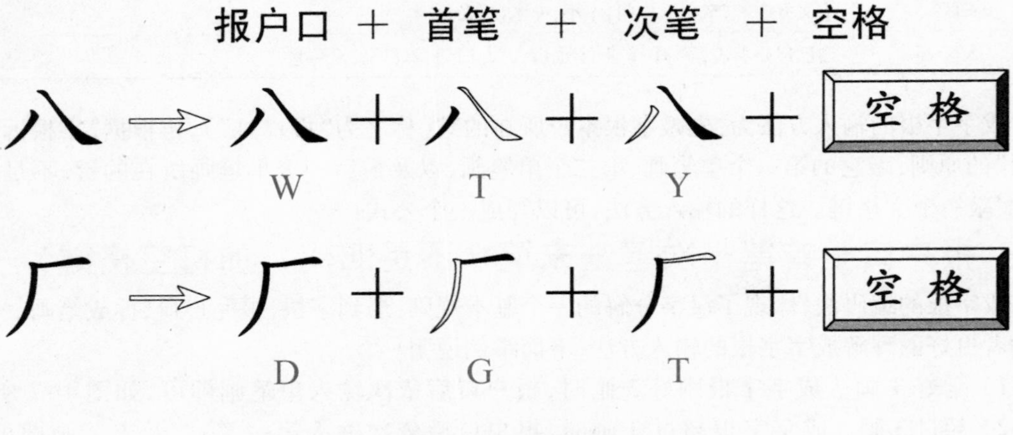

报户口 ＋ 首笔 ＋ 次笔 ＋ 空格

八→八＋八＋八＋空格

W T Y

厂→厂＋厂＋厂＋空格

D G T

图4-9　不足3画的成字字根的输入举例

2. 汉字成字字根分类记忆

有时候读者可能会遇到某些汉字，按拆字规则拆分后无法输入，这些字就是成字字根，成字字根如果是偏旁部首还很容易辨认，如果是汉字就不容易区分了，不熟记成字字根的输入，很容易与键外字的输入相混淆，把成字字根也拆成“五笔字根”，造成输入困难。因此熟记成字字根的输入方法是成为打字高手的基础。成字字根是汉字的共有 61 个，为了便于学习和记忆，我们把它们分为二级成字字根、三级成字字根、四级成字字根，它们分别属于二、三、四级简码，关于简码的概念将在下一章中介绍。

1）二级成字字根有 23 个，输入方法为：报户名 + 第一单笔。二级成字字根拆分与编码如表 4-7 所示。

表 4-7　二级成字字根表

成字字根	拆　分	编　码	成字字根	拆　分	编　码	成字字根	拆　分	编　码	成字字根	拆　分	编　码
二	二 一	FG	九	九 丿	VT	车	车 一	LG	马	马 乙	CN
三	三 一	DG	力	力 丿	LT	用	用 丿	ET	小	小 丨	IH
四	四 丨	LH	刀	刀 乙	VN	方	方 丶	YY	米	米 丶	OY
五	五 一	GG	手	手 丿	RT	早	早 丨	JH	心	心 丶	NY
六	六 丶	UY	也	也 乙	BN	几	几 丿	MT	止	止 丨	HH
七	七 一	AG	由	由 丨	MH	儿	儿 丿	QT			

2）三级成字字根有 18 个，输入方法为：报户名 + 第一单笔 + 第二单笔。二级成字字根拆分与编码如表 4-8 所示。

表 4-8　三级成字字根表

成字字根	拆　分	编　码	成字字根	拆　分	编　码	成字字根	拆　分	编　码
斤	斤 丿 丿	RTT	耳	耳 一 丨	BGH	十	十 一 丨	FGH
竹	竹 丿 一	TTG	己	己 乙 一	NNG	厂	厂 一 丿	DGT
丁	丁 一 丨	SGH	古	古 一 丨	DGH	门	门 丶 丨	UYH
乃	乃 丿 乙	ETN	巴	巴 乙 丨	CNH	弓	弓 乙 一	XNG
廿	廿 一 丨	AGH	匕	匕 丿 乙	XTN	卜	卜 丨 丶	HHY
八	八 丿 乀	WTY	羽	羽 乙 丶	NNY	皿	皿 丨 乙	LHN

3）四级成字字根有 20 个，输入方法为：报户名 + 第一单笔 + 第二单笔 + 最后一单笔。二级成字字根拆分与编码如表 4-9 所示。

表 4-9　四级成字字根表

成字字根	拆　分	编　码	成字字根	拆　分	编　码	成字字根	拆　分	编　码
广	广 丶 一 丿	YYGT	甲	甲 丨 乙 丨	LHNH	夕	夕 丿 乙 丶	QTNY
士	士 一 丨 一	FGHG	雨	雨 一 丨 丶	FGHY	戈	戈 一 乙 丿	AGNT
文	文 丶 一 乀	YYGY	寸	寸 一 丨 丶	FGHY	石	石 一 丿 一	DGTG
西	西 一 丨 一	SGHG	戋	戋 一 一 丿	GGGT	犬	犬 一 丿 丶	DGTY
巳	巳 乙 一 乙	NNGN	曰	曰 丨 乙 一	JHNG	辛	辛 丶 一 丨	UYGH
贝	贝 丨 乙 丶	MHNY	尸	尸 乙 一 丿	NNGT	虫	虫 丨 乙 丶	JHNY
川	川 丿 丨 丨	KTHH	干	干 一 一 丨	FGGH			

针对训练

练习内容:成字字根输入练习(成字字根是打字的难点也是重点)。

练习方法:用大约半天的时间把表4-7~表4-9三个表中的成字字根打熟,然后按表4-6进行输入,要求所有成字字根都能按照简码熟练输入。

4.2.3 5种单笔画的输入

一般情况下,许多人都不太注意单笔画编码,5种单笔画—、丨、丿、丶、乙,在国家标准中都是作为"汉字"来对待的。在五笔字型中,照理说它们应当按照"成字根"的方法输入,即:

报户口+笔画(只有一个键)+空格键

若按这种方法输入,这5个单笔画的编码应为:—(GG)、丨(HH)、丿(TT)、丶(YY)、乙(NN)。

除"一"之外,其他几个都很不常用,按"成字根"的打法,它们的编码只有2码,这么简短的"码"用于不常用的"字",有些浪费。因此,五笔字型中,将其简短的编码"让位"给更常用的字,人为地在其正常码的后边,加两个"L",以此作为5个单笔画的编码,如表4-10所示。

表4-10 5个单笔画的编码

单笔画	编码
一	GGLL
丨	HHLL
丿	TTLL
丶	YYLL
乙	NNLL

经验之谈

这里之所以要加"L",是因为〈L〉键除了便于操作外,作为竖结尾的单体型字的识别码键是极不常用的,足以保证这种定义码的唯一性。以后我们会看到,〈L〉键还可以定义重码字的备用外码。因此,〈L〉键可以叫做"定义后缀"。

由以上可知,字根总表里面,字根的输入方法被分为两类:第一类是25个键名汉字;第二类是键名以外的字根。

字根是组成汉字的一个基本单位。对键面以外的汉字进行拆分的时候,都要以拆成"键面上的字根"为准。所以,只有通过键名的学习和成字字根的输入,才能加深对字根的认识,才能分清楚哪一些是字根,哪一些不是。

4.3 键外字的输入

凡是"字根总表"上没有的汉字,即"表外字"或"键外字",都可以认为是"由字根拼合而成的",故称其为"合体字"。

绝大多数汉字是由基本字根与单笔画或几个字根组成的,这些汉字称为键面以外的汉字。绝大多数汉字都是键面以外的字,所以这部分是本课的重点,根据拆字字根的数量,将其分为下面3种,下面举几个例子来说明。

4.3.1　正好 4 个字根的汉字

按汉字的书写笔画顺序拆出 4 个字根，再依次输入字根编码即可，如图 4-10 所示。

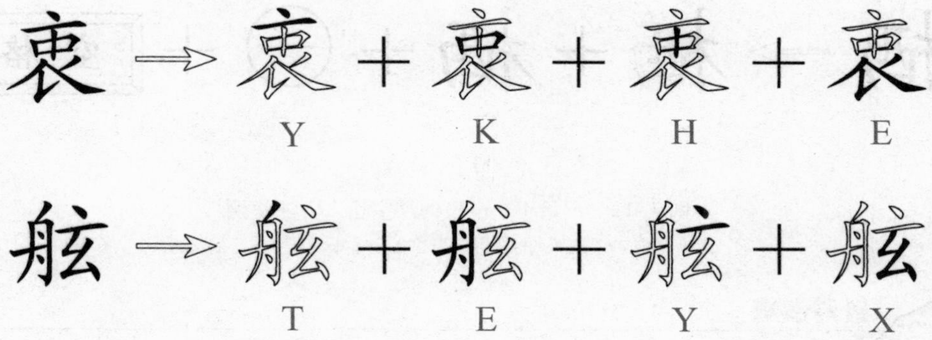

图 4-10　正好 4 个字根的汉字输入方法举例

如果汉字拆分后的字根的个数超过 4 个或者不足 4 个，还要进行“截长”、“补短”。

4.3.2　超过 4 个字根的汉字

超过 4 个字根的汉字要进行“截长”。即将汉字按照笔画的书写顺序拆出若干个基本字根后，取第一、第二、第三和最末一个字根编码，如图 4-11 所示。

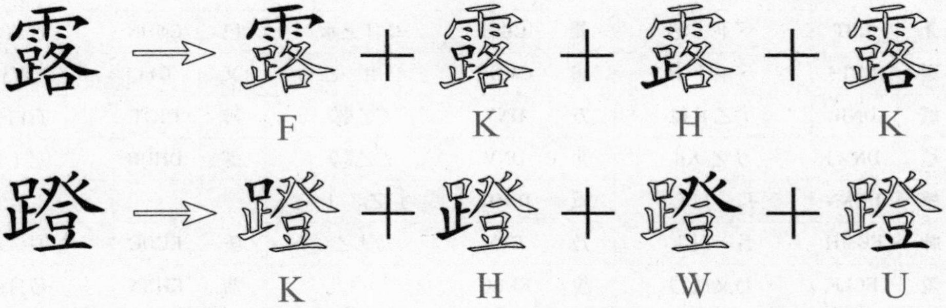

图 4-11　超过 4 个字根的汉字输入方法举例

4.3.3　不足 4 个字根的汉字

不足 4 个字根的汉字要进行“补短”。即凡是拆分成的字根不够 4 个编码时，依次输入完字根码后，还需要补加一个识别码，如果还不足 4 码，则补打空格键。如何使用识别码，将在下一节进行讲解。不足 4 个字根的汉字输入如图 4-12 所示。

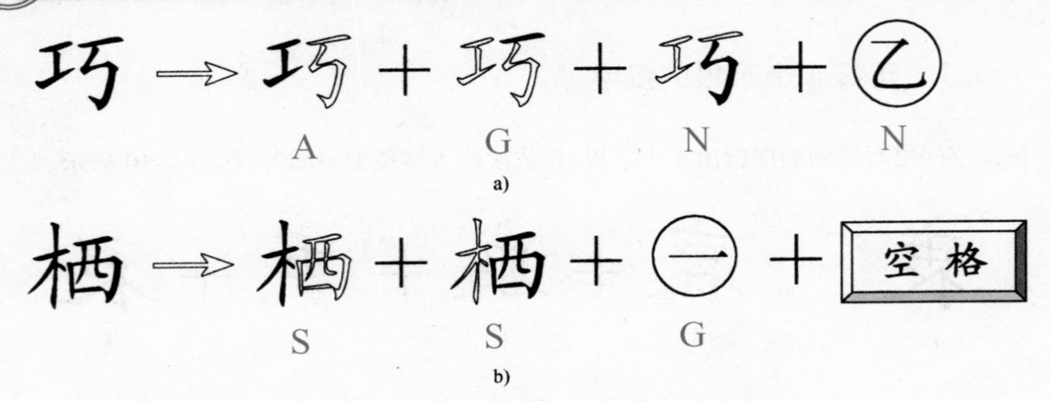

图4-12 不足4个字根的汉字输入方法举例

a)"3个字根+识别码"的情况 b)"2个字根+识别码"的情况

针对训练

练习内容:难字拆分输入练习。

练习方法:表4-11列出了容易拆分错的字,读者先试着自行拆分,然后对照正确的进行总结,反复练习,记住这些难拆字。

表4-11 难字拆分表

A	蒙	APGE	艹冖一豕	萧	AVIJ	艹彐小丨丨	尧	ATGQ	七丿一儿
	藏	ADNT	艹厂乙丿	甚	ADWN	艹三八乙	巫	AWWI	工人人(氵)
	茂	ADNT	艹厂乙丿	匹	AQV	匚儿(巛)			
B	函	BIBK	了㐅凵(川)	陆	BFMH	阝二山(丨)	随	BDEP	阝𠂇月辶
	聚	BCTI	耳又丿水	亟	BKCG	了口又一	耳	BGHG	耳一丨一
C	矛	CBT	龴卩丿(丿)	骤	CBCI	马耳又水	巴	CNHN	巴乙丨乙
	柔	CBTS	龴卩丿木	骋	CMGN	马由一乙	叉	CYI	又丶(氵)
D	尴	DNJL	𠂇乙刂皿	万	DNV	𠂇乙(巛)	碑	DRTF	石白丿十
	尬	DNWJ	𠂇乙人丨丨	尤	DNV	𠂇乙(巛)	鄙	DHDB	三丨三阝
	感	DGKN	厂一口心	臧	DNDT	厂乙𠂇丿			
E	肺	EGMH	月一冂丨	乃	ETN	乃丿乙	腾	EUDC	月丷大马
	盈	ECLF	乃又皿(二)	貌	EERQ	爫豸白儿	鼐	EHNN	乃目乙乙
	乳	EBNN	爫子乙(乙)	县	EGCU	月一厶(丷)	遥	ERMP	爫𠂉山辶
F	考	FTGN	土丿一乙	未	FII	二 小(氵)	击	FMK	土山(川)
	声	FNR	士尸(彡)	域	FAKG	土戈口一			
G	曹	GMAJ	一冂艹日	瓦	GNYN	一乙丶乙	夹	GUWI	一丷人(氵)
	班	GYTG	王丶丿王	互	GXGD	一彑一(三)	夷	GXWI	一弓人(氵)
	柬	GLII	一罒小(氵)	敖	GQTY	龶力攵(丶)	末	GSI	一木(氵)
H	凸	HGMG	丨一冂一	眸	HCRH	目厶𠂉丨	督	HICH	上小又目
	虎	HAMV	虍七几(巛)	虐	HAAG	虍七匚一	眺	HIQN	目㐅儿(乙)
	瞬	HEPH	目爫冖丨	瞌	HFCL	目土厶皿	卤	HLQI	𠂉囗乂(氵)

（续）

I	满	IAGW	氵廾一人	沛	IGMH	氵一冂丨	汇	IAN	氵匚(乙)
	派	IREY	氵厂𠂋(丶)	兆	IQV	⺌儿(巛)	脊	IWEF	⺌人月㊁
J	临	JTYJ	刂𠂉丶⺲	曳	JXE	日匕(彡)	监	JTYL	刂𠂉丶皿
	禺	JMHY	日冂丨丶						
K	贵	KHGM	口丨一贝	踏	KHIJ	口止水日	鄙	KFLB	口十口阝
	吃	KTNN	口𠂉乙(乙)	跋	KHDC	口止𠂇又			
L	围	LFNH	囗二乙丨	罢	LFC	罒土厶	甲	LHNH	甲丨乙丨
	黑	LFOU	罒土灬(冫)	辕	LFKE	车土口𧘇	转	LFNY	车二乙(丶)
M	曲	MAD	冂廾㊂	盎	MDLF	冂大皿㊁	赋	MGAH	贝一弋止
	典	MAWU	冂廾八	冉	MFD	冂土㊂	贝	MHNY	贝丨乙丶
	丹	MYD	冂亠㊂	凹	MMGD	冂冂一㊂			
N	书	NNHY	乙乙丨丶	惬	NAGW	忄匚一人	憨	NBTN	乙耳攵心
	丑	NFD	乙土㊂	屉	NANV	尸廿乙(巛)	屈	NBMK	尸凵山(川)
O	凿	OGUB	业一丷凵	糠	OYVI	米广彐氺	粼	OQAB	米夕匚巛
	燎	ODUI	火大丷小	烤	OFTN	火土丿乙	粮	OYVE	米丶彐𧘇
P	赛	PFJM	宀二刂贝	农	PEI	冖𧘇(氵)	寮	PDUI	宀大丷小
	窗	PWTQ	宀八丿夕	宦	PAHH	宀匚丨丨	寓	PJMY	宀日冂丶
	宿	PWDJ	宀亻𠂆日	穿	PWAT	宀八二丿	冤	PQKY	冖⺈口丶
Q	乌	QNGD	勹乙一㊂	印	QGBH	⺁一卩(丨)	卵	QYTY	⺁丶丿丶
	鸟	QYNG	勹丶乙一	象	QJEU	⺈罒豕(冫)	饭	QNRC	⺈乙厂又
	免	QKQB	⺈口儿(巛)	匆	QRYI	勹⺀丶(氵)	怨	QBNU	夕㔾心(冫)
	贸	QYVM	⺁丶刀贝	桀	QAHS	夕匚丨木	盥	QGIL	⺁一水皿
R	鬼	RQCI	白儿厶(氵)	牛	RHK	𠂉丨(川)	拜	RDFH	手三十(丨)
	舞	RLGH	𠂉卌一丨	插	RTFV	扌丿十臼	缺	RMNW	𠂉山コ人
	卸	RHBH	𠂉止卩(丨)	捕	RGEY	扌一月丶	气	RNB	𠂉乙(巛)
	卑	RTFJ	白丿十(刂)						
S	甄	SFGN	西土一乙	酸	SGCT	西一厶夂	覃	SJJ	西早(刂)
	瓢	SFIY	西二小乀	酗	SGQB	西一乂凵	榜	SUPY	木立冖方
	核	SYNW	木亠乙人	梅	STXU	木𠂉母冫	哥	SKSK	丁口丁口
T	片	THGN	丿丨一乙	乘	TUXV	禾丬匕(巛)	升	TAK	丿廾(川)
	垂	TGAF	丿一艹土	秉	TGVI	丿一彐小	乏	TPI	丿之(氵)
	身	TMDT	丿冂三丿	熏	TGLO	丿一罒灬	奥	TMOD	丿冂米大
	午	TFJ	𠂉十(刂)	粤	TLON	丿囗米乙			
U	养	UDYJ	丷⺷丨	敝	UMIT	丷冂小攵	减	UDGT	冫厂一丿
	善	UDUK	丷手丷口	卷	UDBB	丷大㔾(巛)	辛	UYGH	辛丶一丨
	美	UGDU	丷王大(冫)	单	UJFJ	丷日十(刂)	券	UDVB	丷大刀(巛)
V	既	VCAQ	彐厶匚儿	姬	VAHH	女匚丨丨	隶	VII	彐氺(氵)
	鼠	VNUN	臼乙冫乙	舅	VLLB	臼田力(巛)	旭	VJD	九日㊂
	臾	VWI	臼人(氵)	媾	VFJF	女二刂土	媲	VTLX	女丿口匕

（续）

W	传	WFNY	亻二乙丶	舒	WFKB	人干口卩	伞	WUHJ	人丷丨⑪
	似	WNYW	亻乙丶人	追	WNNP	亻ココ辶	坐	WWF	人人土㊀
	傅	WGEF	亻一月寸	段	WDMC	亻三几又	舆	WFLW	亻二车八
X	缘	XXEY	纟彑豕⊙	颖	XTDM	匕禾𠂆贝	弓	XNGN	弓乙一乙
	贯	XFMU	毋十贝⑶	疆	XFGG	弓土一一	匕	XTN	匕丿乙
	疑	XTDH	匕𠂉大龰	肄	XTDH	匕𠂉大丨			
Y	卞	YHU	亠卜⑶	扁	YNMA	丶尸冂卄	京	YIU	亠小⑶
	永	YNII	丶乙𣥂⑶	夜	YWTY	亠亻夂丶	广	YYGT	广丶一丿
	州	YTYH	丶丿丶丨	赢	YNKY	亠乙口丶			

4.4 末笔字型识别码

五笔字型编码的最长码是4码，凡是不足4个字根的汉字，我们规定字根输入完以后，再追加一个“末笔字型识别码”，简称“识别码”。末笔字型识别码是为了区别字根相同、字型不同的汉字而设置的，只适用于不足4个字根组成的汉字。

4.4.1 末笔字型识别码

1. 为什么要加末笔字型识别码

构成汉字的基本字根之间存在着一定的位置关系。例如，同样是“口”与“八”这两个字根，它们的位置关系不同，就构成不同的“叭”与“只”两个字。字根“口”的代码为K，“八”的代码为W，这两个字的编码为：

叭 ⟶ 口 + 八 （编码KW）

只 ⟶ 口 + 八 （编码KW）

两个字的编码完全相同，因此出现了重码。可见，仅仅将汉字的字根按书写顺序输入到电脑中是不够的，还必须告诉电脑输入的这些字根是以什么方式排列的，这样电脑才能认定选的是哪个字。若用字型代码加以区别，则是：

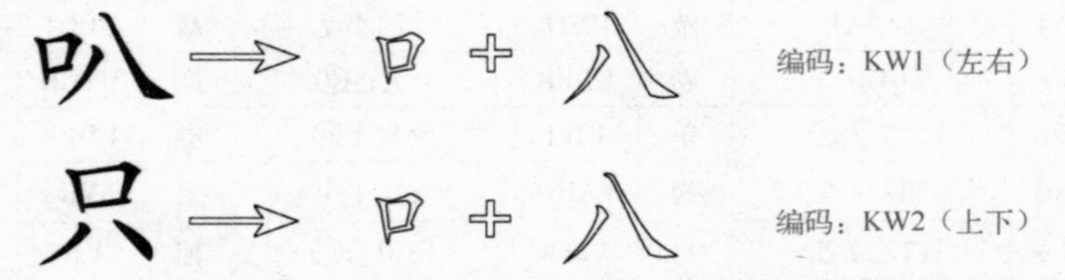

于是，这两个字的编码就不会相同了，最后一个数字叫字型识别码。

但还有一些字，它们的字根在同一个键上而且字型又相同，如“沐、汀、洒”是由“氵”和〈S〉键上“木、丁、西”3 个字根组成的，它们又都是左右型汉字，若用字型代码加以区别，则是：

沐 → 氵+ 木　　编码：IS1（左右）

汀 → 氵+ 丁　　编码：IS1（左右）

洒 → 氵+ 西　　编码：IS1（左右）

上面 3 个字虽然字根拆分不同，但它们的第二部分字根都在同一个键上（〈S〉键）。如果分别加一个字型代码，由于 3 个字都是左右(1)型，还是出现了重码。因此，仅将字根按书写顺序输入到电脑中，再用字型代码加以区别，也还是不够的，还必须告诉电脑输入的这些字根各有什么特点。若用末笔画代码加以区别，则变成：

沐 → 氵+ 木　　编码：IS（捺）

汀 → 氵+ 丁　　编码：IS（竖）

洒 → 氵+ 西　　编码：IS（横）

这样就使处在同一键上的 3 个字根在和其他字根构成汉字时，具有了不同的编码。最后一笔叫做末笔识别码。

综上所述，为了避免出现重码，有的时候需要加字型识别码，有的时候又要加末笔识别码；如果以末笔画为准，以字型代码(1,2,3)作为末笔画的数量，就构成“末笔字型识别码”。如：“字”的末笔画为横，它是上下(2)型字，则“字”的末笔识别码为两横(二)；“团”的末笔画为撇，它是杂合(3)型字，则“团”的末笔识别码为三撇(彡)。追加末笔字型识别码后，重码的概率会大大减少，汉字的输入效率也会大大提高。

末笔字型识别码如表 4-12 所示。末笔字型识别码的键盘分布如图 4-13 所示。

表 4-12　五笔字型末笔字型识别码表

字型 ＼ 末笔		横	竖	撇	捺	折
		1	2	3	4	5
左右型	1	11(G)㊀	21(H)丨	31(T)丿	41(Y)丶	51(N)乙
上下型	2	12(F)二	22(J)刂	32(R)彡	42(U)冫	52(B)巜
杂合型	3	13(D)三	23(K)川	33(E)彡	43(I)氵	53(V)巛

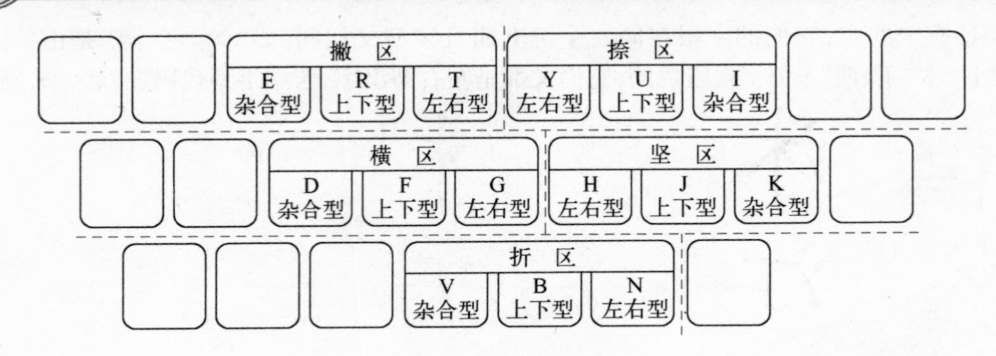

图4-13 识别码键盘分布图

2. 末笔字型识别码的判定

加识别码的目的是为了减少重码数,提高汉字的输入效率。关于末笔字型识别码多数五笔字型教材中都是用区号和位号进行编码定位的,这样使很多人望而却步。本书将介绍一种简单的确定识别码的方法。这种方法读者不需要学区位号的概念,就可以轻松掌握识别码的应用,而且简单快捷。

1)对于1型(左右型)字,输入完字根之后,补打一个末笔画,即加上"识别码。"

例如:腊,月 艹 日 ㊀ (末笔为"一",1型,补打"一")

蜊,虫 禾 刂 ① (末笔为"丨",1型,补打"丨")

炉,火 丶 尸 ㉉ (末笔为"丿",1型,补打"丿")

徕,彳 一 米 ㉌ (末笔为"丶",1型,补打"丶")

肋,月 力 ㉎ (末笔为"乙",1型,补打"乙")

2)对于2型(上下型)字,输入完字根之后,补打由两个末笔画复合而成的"字根",即加上"识别码"。

例如:吕,口 口 ㊁ (末笔为"一",2型,扑打"二")

弄,王 廾 ⑪ (末笔为"丨",2型,补打"刂")

芦,艹 丶 尸 ㉋ (末笔为"丿",2型,补打"彡")

芮,艹 冂 人 ㉍ (末笔为"丶",2型,补打"冫")

冗,冖 几 ㉏ (末笔为"乙",2型,补打"巛")

3)对于3型(杂合型)字,输入完字根之后,补打由三个末笔画复合而成的"字根",即加上"识别码"。

例如:若,艹 𠂇 口 ㊂ (末笔为"一",3型,补打"三")

载,十 戈 车 ⑪ (末笔为"丨",3型,补打"川")

庐,广 丶 尸 ㉋ (末笔为"丿",3型,补打"彡")

逯,彐 氺 辶 ㉍ (末笔为"丶",3型,补打"氵")

屯,一 凵 乙 ㉏ (末笔为"乙",3型,补打"巛")

4.4.2 使用末笔字型识别码时的注意事项

在识别末笔时,有如下规定,在使用时应特别注意以下几方面。

1）对于“义、太、勺”等字中的“单独点”，这些点离字根的距离可远可近，很难确定其是什么字型，为简单起见，干脆把这种“单独点”和与其相邻的字根当做是“相连”的关系。那么该字型应属于杂合型(3型)。

例如：义，、乂 ミ　　（末笔为“、”，3型，识别码为“ミ”）

太，大 、ミ　　（末笔为“、”，3型，识别码为“ミ”）

2）所有半包围型与全包围型汉字中的末笔，规定取被包围的那一部分笔画结构的末笔。

例如：迥，冂 口 辶 三　　（末笔为“一”，3型，识别码为“三”）

团，口 十 丿 彡　　（末笔为“丿”，3型，识别码为“彡”）

3）对于字根“刀、九、力、巴、匕”，因为这些字根的笔画顺序常常因人而异，当以它们作为某个汉字的最后一个字根，且又不足4个字根，需要加识别码时，一律用它们向右下角伸得最长最远的笔画“折”来识别。

例如：伦，亻 人 匕 乙　　（末笔为“乙”，1型，识别码为“乙”）

男，田 力 巜　　（末笔为“乙”，2型，识别码为“巜”）

4）“我、戋、成”等汉字应遵从“从上到下”的原则，取“丿”作为末笔。

关于字型有如下规则。

1）凡单笔画与字根相连或带点结构的字型都视为杂合型。

2）字型区分时，也用“能散不连”的原则。如：下、矢、卡、严等。

3）内外型、含字根且相交者，以及含“辶”字根的这3类均属杂合型。如：因、东、进。

4）以下各字为杂合型：尼、式、司、床、死、疗、压、厅、龙、后、处、办、皮。与以上所列各字字型相近的均属杂合型。

5）以下各字为上下型：右、左、看、有、者、布、包、友、冬、灰。与以上所列各字字型相近的均属上下型。

末笔字型识别码主要是用来区别可能重复的2个字根或3个字根的汉字，当然有时字根虽少但可能不重复，也就不必输入识别码了。

针对训练

练习内容：常用识别码练习。

练习方法：按分区及键位反复输入下面需要输入识别码的汉字，熟练输入这些字，形成条件反射，可以大大提高连续输入速度。

据不完全统计，识别码字有400多个，但很多都是不常用的，学习者应重点熟悉特别常用的识别码字。识别码字的分类如下。

【横区】

〈G〉键	YWYG	RWYG	WGG	DCG	KCG	YWGG	WFHG	WUG	FHG	FUG	WJJG
	谁	推	伍	码	吗	住	值	位	址	垃	倡
	RFFG	IUG	TKGG	JGG	WBG	SFHG	SFG	KWYG	SRG	IHG	
	挂	泣	程	旺	仔	植	杜	唯	柏	泪	

〈F〉键

DSKF	UJFF	DLF	TFKF	WHF	RHF	GEF	ALF	TJF	UFF	AJF	NWYF	YLF	FWYF
奇	童	奋	告	企	看	青	苗	香	兰	昔	翟	亩	霍

QGF	JGF	RGF	QAJF	FLF	JHF	UJF	IMKF	LFHF	SKF	ADF	TFF	BLF
鱼	旦	皇	昏	雷	冒	音	尚	置	杏	苦	竺	孟

〈D〉键

GHD	LKD	LDD	JFD	UKD	QKD	THD	YID	AND	TLD	DJFD	YMD
正	回	固	里	问	句	自	应	巨	血	厘	庙

RGD	NHD	YFD	UQVD	AGD	AFD
丘	眉	庄	阎	匡	甘

【竖区】

〈H〉键

YCEH	TDUH	UDJH	GAJH	QKHH	TJH	WFH	IFH	WKHH	FJH	IMH	QJH
诵	辞	判	刑	钟	利	什	汗	仲	刊	汕	钊

〈J〉键

TFJ	YMHJ	YJJ	UJFJ	AJJ	CBJ	UJJ	UDJ	AUJ	NAJ	YBJ	HJJ	JFJ	AJJ
午	市	齐	单	草	予	章	羊	苹	异	亨	卓	旱	草

〈K〉键

LPK	FMK	JHK	TAK	UFK	RHK	FHFK	FJK	TFK	DMJK	YLK	AAK	UBK	DLK
连	击	申	升	斗	牛	赶	井	千	厕	库	戒	疗	厍

【撇区】

〈T〉键

IGT	FNRT	JYT
浅	场	旷

〈R〉键

FNR	PNTR
声	宓

〈E〉键

XTE	QRE	YNE	XDE	ADE
乡	勿	户	毋	戎

【捺区】

〈Y〉键

WCY	NTY	YFY	UDY	KCY	TFFY	WFY	FFFY	WGMY	WDY	FMY	TCY	QQYY	WTUY
仅	改	讨	状	叹	待	付	封	债	伏	坝	私	钓	佟

TFHY	GYIY	RHY	ITDY	INFY
徒	琼	扑	沃	漏

〈U〉键

FHU	KHU	TUU	YIU	FCU	NUDU	HHU	SFIU	GMU	QIU	TFFU	MQU	MCU	YXIU
走	足	冬	京	去	买	卡	票	责	尔	等	岁	殳	紊

PSU	DDU	UGDU	YHU	SMU	WTU	AQU
宋	套	美	卞	贾	余	艾

〈I〉键

PEI	UDI	FII	NUI	RYI	YSI	NYI	QCI	EPI	LKMI	UYI	GQI
农	头	未	飞	斥	床	尺	勾	逐	圆	闵	歹

【折区】

〈N〉键

VBN	YYN	BNN	WVN	RCN	PYNN	IAN	NYNN	WMN	RYMN
她	访	孔	仇	把	礼	汇	忙	仉	抗

〈B〉键

RNB	MQB	FQB	KQB	UKQB	UDBB	WYNB	WBB	ANB
气	见	元	兄	竞	卷	今	仓	艺

〈V〉键

FNV	DNV	YNV	NNV
亏	万	亡	乜

练习巩固：

请在括号内填上识别码字母，然后把这些字输入电脑。

青(　　)	钟(　　)	予(　　)	正(　　)	市(　　)	问(　　)
句(　　)	看(　　)	位(　　)	伍(　　)	回(　　)	里(　　)
场(　　)	吗(　　)	住(　　)	值(　　)	井(　　)	判(　　)
气(　　)	把(　　)	卷(　　)	未(　　)	户(　　)	孔(　　)
见(　　)	奇(　　)	企(　　)	告(　　)	问(　　)	固(　　)
元(　　)	头(　　)	午(　　)	企(　　)	自(　　)	访(　　)
正(　　)	兄(　　)	付(　　)	里(　　)	奋(　　)	未(　　)
企(　　)	今(　　)	谁(　　)	走(　　)	奇(　　)	住(　　)
忙(　　)	市(　　)	青(　　)	正(　　)	见(　　)	冬(　　)
伍(　　)	齐(　　)	羊(　　)	钟(　　)	予(　　)	气(　　)
值(　　)	井(　　)	场(　　)	声(　　)	苗(　　)	尺(　　)

4.5 五笔字型编码规则总结

在了解了五笔字型汉字输入的基本原则后，我们把上面的规律总结一下。五笔字型单字拆字取码有如下5项原则。

1）从形取码，其顺序按书写规则，从左到右，从上到下，从外到内。

2）取码以130种基本字根为单位。

3）不足4个字根时，输入完字根后补打末笔字型交叉识别码。

4）对于等于或超过4个字根的汉字，按第一笔代码、第二笔代码、第三笔代码和最末笔代码的顺序最多只取4码。

5）单体结构拆分取大优先。

这五项原则可以用右边的“五笔字型编码口诀”来概括。

> **五笔字型编码口诀**
>
> 五笔字型均直观，依照笔顺把码编；
> 键名汉字击四下，基本字根需照搬；
> 一二三末取四码，顺序拆分大优先；
> 不足四码要注意，末笔字型补后边。

将五笔字型对各种汉字进行编码输入的规则画成一张逻辑图，就形成了一幅“编码流程图”。该图是五笔字型编码的“总路线”，五笔字型编码拆分的各项规则尽在其中，按照这张图进行学习和训练，可以使读者思路清晰。编码流程图如图4-14所示。

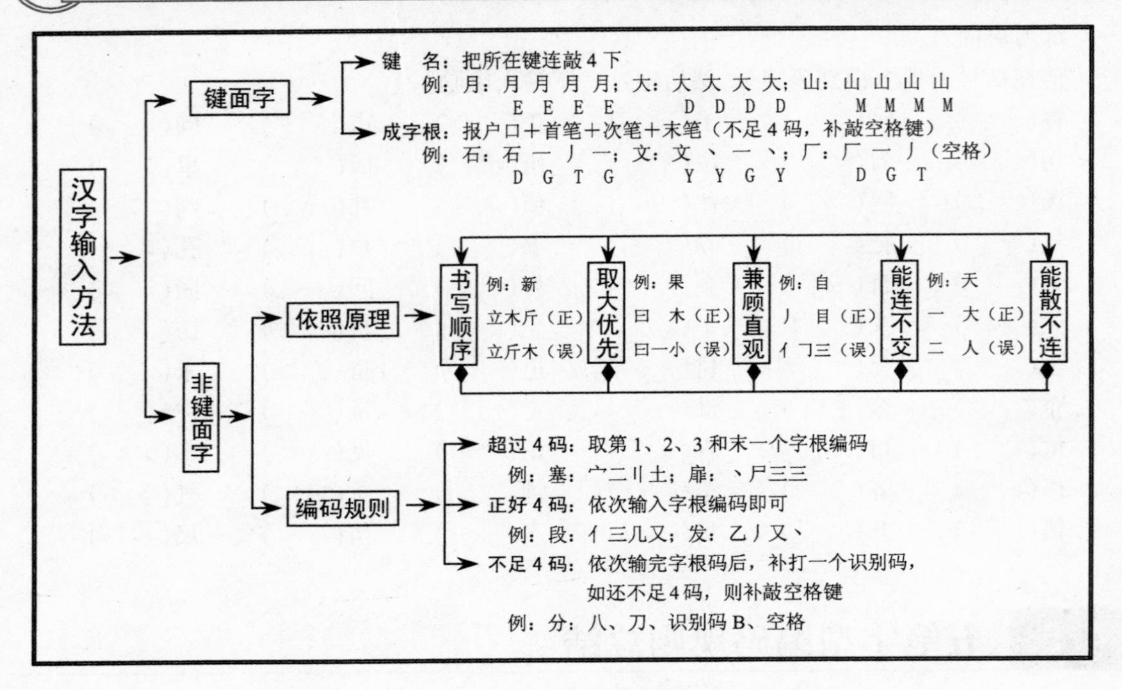

图 4-14　五笔字型编码流程图

第5天 简码和词组的输入

在掌握了汉字的拆分和编码规则后，读者已经会拆一些简单的字了，但还需要不断的练习，使输入速度不断提高。本章将介绍五笔字型提供的一些简单方法，让读者的输入速度再快一些。

5.1 简码的输入

为了提高汉字输入的速度，我们对常用汉字只取其前1个、2个或3个字根构成简码。由于末笔字型交叉识别码总是在全码的最后位置，因此，简码的设计可以方便编码，减少击键次数。简码汉字共分三级。

5.1.1 一级简码的输入

一级简码也叫高频字是用一个字母键和一个空格键作为一个汉字的编码。在25个键位上，根据键位上字根的形态特征，每键都安排了一个常用的汉字作为一级简码。注意一级简码与键名汉字的区别。在25个一级简码当中只有“工”和“人”既是键名汉字又是一级简码。图5-1为“一级简码键盘图”。在键盘上将各键敲一下，再敲一下空格键，即可打出25个最常用的汉字。

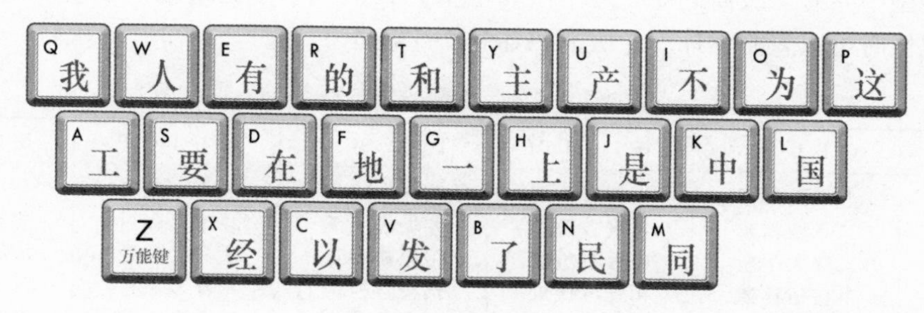

图5-1 一级简码键盘图

5.1.2 一级简码的记忆

从图5-1可以看出，一级简码中大部分汉字的简码就是其全码的第一码；下面几个字的简码是其全码的第二码:“有、不、这”;而“我、以、为、发”与全码无关。

从横区到折区一级简码分别是:“一地在要工,上是中国同,和的有人我,主产不为这,民了发以经”。这句话也比较押韵,读者只要念几遍,再练一练,就可以记住了。

针对训练

请反复练习下面的句子:

中国人民为了同地主要地产,已经和有的地主不和了,我是中国的一工人,我在这工地上发了。

5.1.3 二级简码的输入

二级简码的输入方法是取这个字的第一、第二个字根代码,再敲空格键。25个键位最多允许625个汉字用二级简码组成。由于二级简码是用单个字全码中的前两个字根的代码作为该字的简码,因此,会遇到有些很常用的字不是二级简码,而有些很不常用的字却是二级简码的情况。二级简码输入举例如图5-2所示。

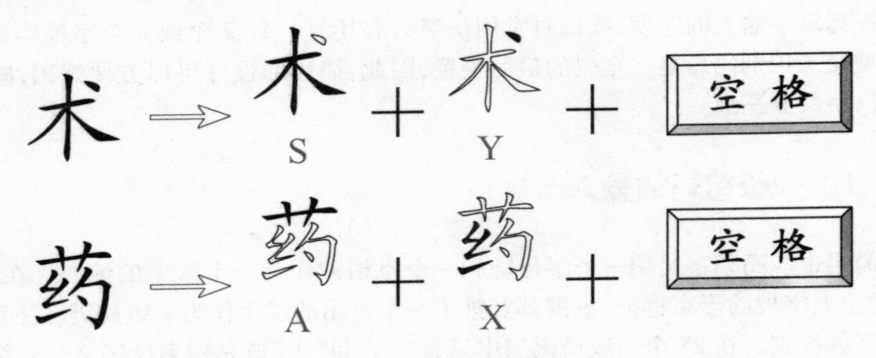

图5-2 二级简码输入举例

五笔字型中共有二级简码600多个。其中全码只由二个字根组成的二级简码有299个。初学者在记忆时可以忽略不计。二级简码如表5-1所示。

表5-1 二级简码分布表

	GFDSA	HJKLM	TREWQ	YUIOP	NBVCX
G	五于天末开	下理事画现	玫珠表珍列	玉平不来	与屯妻到互
F	二寺城霜载	直进吉协南	才垢圾夫无	坟增示赤过	志地雪支
D	三夺大厅左	丰百右历面	帮原胡春克	太磁砂灰达	成顾肆友龙
S	本村枯林械	相查可楞机	格析极检构	术样档杰棕	杨李要权楷
A	七革基苛式	牙划或功贡	攻匠菜共区	芳燕东　芝	世节切芭药
H	睛睦睚盯虎	止旧占卤贞	睡睥肯具餐	眩瞳步眯瞎	卢　眼皮此
J	量时晨果虹	早昌蝇曙遇	昨蝗明蛤晚	景暗晃显晕	电最归紧昆
K	呈叶顺呆呀	中虽吕另员	呼听吸只史	嘛啼吵　喧	叫啊哪吧哟
L	车轩因困轼	四辊加男轴	力斩胃办罗	罚较　辚边	思团轨轻累
M	同财央朵曲	由则迥崭册	几贩骨内风	凡赠峭　迪	岂邮　凤嶷

（续）

	GFDSA	HJKLM	TREWQ	YUIOP	NBVCX
T	生行知条长	处得各务向	笔物秀答称	入科秒秋管	秘季委么第
R	后持拓打找	年提扣押抽	手折扔失换	扩拉朱搂近	所报扫反批
E	且肝须采肛	胩胆肿肋肌	用遥朋脸胸	及胶膛　爱	甩服妥肥脂
W	全会估休代	个介保佃仙	作伯仍从你	信们偿伙	亿他分公化
Q	钱针然钉氏	外旬名甸负	儿铁角欠多	久匀乐炙锭	包凶争色
Y	主计庆订度	让刘训为高	放诉衣认义	方说就变这	记离良充率
U	闰半关亲并	站间部曾商	产瓣前闪交	六立冰普帝	决闻妆冯北
I	汪法尖洒江	小浊澡渐没	少泊肖兴光	注洋水淡学	沁池当汉涨
O	业灶类灯煤	粘烛炽烟灿	烽煌粗粉炮	米料炒炎迷	断籽娄烃糨
P	定守害宁宽	寂审宫军宙	客宾家空宛	社实宵灾之	官字安　它
N	怀导居　民	收慢避惭届	必怕　愉懈	心习悄屡忱	忆敢恨怪尼
B	卫际承阿陈	耻阳职阵出	降孤阴队隐	防联孙耿辽	也子限取陛
V	姨寻姑杂毁	叟旭如舅妯	九　奶　婚	妨嫌录灵巡	刀好妇妈姆
C	骊对参骠戏	骒台劝观	矣牟能难允	驻骈　驼	马邓艰双
X	线结顷　红	引旨强细纲	张绵级给约	纺弱纱继综	纪弛绿经比

5.1.4　二级简码的记忆

熟悉二级简码对快速输入汉字是很重要的，很多二级简码字，多输入1码反而不是所需要的字，只有再输入1码成4码全码时才可以。而多出两码不仅增加了输入的时间，同时也增加了输入的难度，因为后两码很有可能是识别码。

二级简码除掉一些空字，还有将近600个，数量比较多，要想在短时间内熟记，就要采取一些特殊的记忆方法。下面我们就二级简码的记忆方法进行介绍。

（1）淘汰二根字

这种方法就是把只有两个字根组成的二级简码字称为"二根字"，如"来、加、开、吕、昌"等等，这些字只要输入两个字根再加空格即可。此类"二根字"共有299个，这一部分可忽略，不必死记。输入"二根字"时，只需注意一下输入二字根后是否输入了想要的字，如不是，则要记住所输入的二根字，以免在以后的输入中再发生错误。例如输入"扛"时，输入"扌(R)"+"工(A)"+空格后为"找"，则记住"找"为二根字，重新再输入"扛"时需加识别码。

（2）分类记忆

1）二级简码中是键名字、成字字根的字(共25个)。

车　也　用　力　手　方　小　米　由　几　心　马

大　立　水　之　子　二　三　四　五　七　九　早　立

2）称谓词。

奶　妈　姆　姑　舅　姨　夫　妻

3）动物名称。

燕　驼　马　虎　蝗　蛤

4）按字形分类。

把字形相近，即有相同偏旁、部首的字分组记忆，如"肖、峭、悄、宵"都有一个"肖"，放在一起联想记忆，就很容易记住。

牙 呀　后 垢　你 称　给 蛤 答　娄 搂 屡　斩 渐 崭 惭
罚 楞　格 客　服 报　各 格 客　观 现 宽　占 卤 站 粘
宫 官　定 锭　军 晕　长 张 涨　曾 增 赠　可 苛 阿 啊
必 秘　注 驻　职 炽　约 哟 药　交 胶 较　良 恨 限 艰
棕 综　失 铁　才 财　比 批 楷 陛 脂　少 吵 炒 纱 秒 砂
忱 怀　昆 辊　东 陈　及 极 级 吸 圾　轻 烃　科 料
作 昨　害 瞎　收 叫　知 矣 牟 允 充

5）把二级简码字编成口诀助记。

春联没空进行列，绿杨屯南争能量。
平原离婚保持孤寂烽烟，
珍珠暗淡呼吸粗细面粉。
怪物早晨遇难部长理事高度增强紧张。
画家宾各注册然后决定参与协商实际前景。
年轻职称胆敢（审）检查社会学说提纲，
管理方法普及早晚争取得到明显成就。

（3）强记难字

对于那些笔画和字根较多、字型复杂不易归类的字，只有强记，再上机多练习才可达到熟记的目的。这类难字共有以下 55 个。

率 瓣 澡 煤 降 慢 避 愉 懈 绵 弱 纱 贩 晃 宛 晕 嫌 磁 联
霜 载 用 顾 基 睡 餐 哪 笔 秘 肆 换 曙 最 嘛 喧 爱 偿 遥
悄 互 第 或 毁 菜 曲 向 变
脸 胸 膛 胆 （与身体部位有关）
眼 睛 瞳 眩 （与眼睛有关）

经验之谈

二级简码数量不少，建议初学者在使用输入法时，先将输入法设置为“逐键提示”，这样经过长时间的使用，哪些字为简码就可以很快掌握了。

从上例可以清楚地看出，利用二级简码的输入，不需要经过繁琐的拆分，只要牢记其前 2 笔的代码就行了，输入速度显然可以大大提高。

练习内容：二级简码分类练习。

练习方法：为了练习二级简码的输入，读者应逐一地输入这些词，从而达到练习记忆二级简码的目的。

五笔字型二级简码分类练习

（1）姓氏

AQ　AB　AU　BJ　BE　DB　BO　BG　BI　CB　CN　DX　DR　DA

区 节 燕 阳 阴 顾 耿 卫 孙 邓 马 龙 原 左

DE DL DH FK FM FA FC GF HI HC HN IE IG II

胡 历 丰 吉 南 载 支 于 步 皮 卢 肖 汪 水

IA JV JS JY JF KF KQ KK LP LG LT LQ MA MH

江 归 果 景 时 叶 史 吕 边 车 力 罗 曲 由

DN NG NU OV OY PK PS PN PV QR QG QN QI RH

成 怀 习 娄 米 宫 宁 官 安 铁 钱 包 乐 年

RI SC SN SB SJ SS TP TB TM UB UG UC UM UL

朱 权 杨 李 查 林 管 季 向 闻 闰 冯 商 曾

WY WA WG XK X XN YJ YY YM

信 代 全 强 经 纪 刘 方 高

(2) 颜色

QC OW DO SP RI FO XA XV

色 粉 灰 棕 朱 赤 红 绿

(3) 近义词与反义词

UE RG DA DK FM UX H GH DD IH LL VVV TJ RW

前 后 左 右 南 北 上 下 大 小 男 女 得 失

E FQ MW QH GA UD QQ IT FJ BM BM TY DW TO

有 无 内 外 开 关 多 少 进 出 出 入 春 秋

XK XU MA FH OE XL FW GV EP NV DW GD TO GD

强 弱 曲 直 粗 细 夫 妻 爱 恨 春 天 秋 天

BE BJ JE JU XT XB IQ JE JU IO MA RR GU FH

阴 阳 明 暗 张 弛 光 明 暗 淡 曲 折 平 直

GA YT WK PF BC TJ XW GN XF VQ YB VQ GD F

开 放 保 守 取 得 给 与 结 婚 离 婚 天 地

NH TY FC BM JH JQ KS VO

收 入 支 出 早 晚 呆 灵

(4) 动植物

HA CP CN DX MC AU JR JW JK KF OB JS

虎 驼 马 龙 凤 燕 蝗 蛤 蝇 叶 籽 果

(5) 数字

G FG DG LH GG UY AG VT DJ DV

一 二 三 四 五 六 七 九 百 肆

(6) 称呼

TQ KT VC VD VG VE WR VL BI WQ Q WB PX

称 呼 妈 姑 姨 奶 伯 舅 孙 你 我 他 它

(7) 学习与学科

IP TU IP NU IP TG F GJ DL KQ TR GJ WX IP

学 科 学 习 学 生 地 理 历 史 物 理 化 学

SM SA TG TR WT OG DG QE
机 械 生 物 作 业 三 角

(8) 关联词

KJ QD WE QD MH GF VK JS UA EG LD O RN C
虽 然 仍 然 由 于 如 果 并 且 因 为 所 以

T GN EY AK
和 与 及 或

(9) 语气词

KC KX CT BN TC KY KA KV
吧 哟 矣 也 么 嘛 呀 哪

(10) 地名

AI UX FK SS TA DW BP PS JX JE XR BJ JJ GU
东 北 吉 林 长 春 辽 宁 昆 明 绵 阳 昌 平

PV BJ
安 阳

(11) 货币

QG WN QE LH WV HN XX CN DQ DD IU QP
钱 亿 角 四 分 卢 比 马 克 大 洋 锭

以下是按词的形式分类。为了练习二级简码的输入,读者应逐一地输入这些词,从而达到练习记忆二级简码的目的。

EX OW WX UV GW GR DI BB HC AF OL OA EF ID
脂 粉 化 妆 珍 珠 砂 子 皮 革 烟 煤 肝 尖

AE OB EC OU DH NH QS BB DU QR AE VN NJ NJ
菜 籽 肥 料 丰 收 钉 子 磁 铁 菜 刀 慢 慢

CC LV OM OM AB CE OS LM BD OC OD JN BB TP
双 轨 灿 灿 节 能 灯 轴 承 烃 类 电 子 管

G UR VS OU UF XD F HP BB HS W HO OP W
一 瓣 杂 料 半 顷 地 瞎 子 盯 人 眯 迷 人

FR EW HU W OJ IQ XV KF IC PB T HF KD DP
垢 脸 瞳 人 烛 光 绿 叶 汉 字 和 睦 顺 达

US EE VB DC GO PR WK VX OV QA WC Y LG OQ
亲 朋 好 友 来 宾 保 姆 娄 氏 公 主 车 炮

IH GT PQ VK WM VVV BR QT A AR BK KM LG LJ
小 玫 宛 如 仙 女 孤 儿 工 匠 职 员 车 辊

H UP GD BB BX GH NX VD GY TE IH AY HV HG
上 帝 天 子 陛 下 尼 姑 玉 秀 小 芳 眼 睛

DB PT WT PE M FN GQ PS CN DQ LN CB IH GU
顾 客 作 家 同 志 列 宁 马 克 思 邓 小 平

HQ HW YE EB QF XG QN GL MM TT YN DD SX SG
餐 具 衣 服 针 线 包 画 册 笔 记 大 楷 本

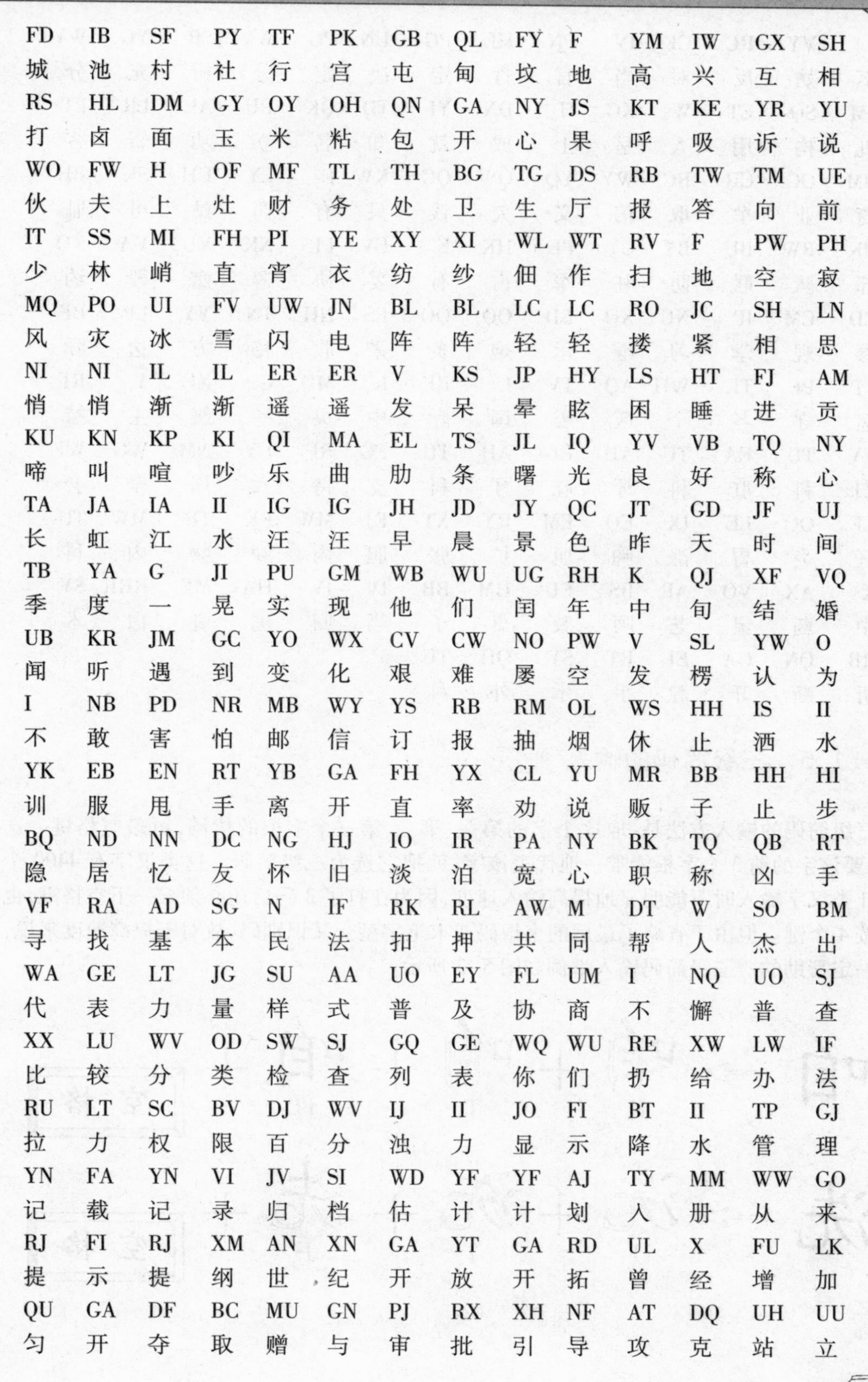

FD	IB	SF	PY	TF	PK	GB	QL	FY	F	YM	IW	GX	SH
城	池	村	社	行	宫	屯	甸	坟	地	高	兴	互	相
RS	HL	DM	GY	OY	OH	QN	GA	NY	JS	KT	KE	YR	YU
打	卤	面	玉	米	粘	包	开	心	果	呼	吸	诉	说
WO	FW	H	OF	MF	TL	TH	BG	TG	DS	RB	TW	TM	UE
伙	夫	上	灶	财	务	处	卫	生	厅	报	答	向	前
IT	SS	MI	FH	PI	YE	XY	XI	WL	WT	RV	F	PW	PH
少	林	峭	直	宵	衣	纺	纱	佃	作	扫	地	空	寂
MQ	PO	UI	FV	UW	JN	BL	BL	LC	LC	RO	JC	SH	LN
风	灾	冰	雪	闪	电	阵	阵	轻	轻	搂	紧	相	思
NI	NI	IL	IL	ER	ER	V	KS	JP	HY	LS	HT	FJ	AM
悄	悄	渐	渐	遥	遥	发	呆	晕	眩	困	睡	进	贡
KU	KN	KP	KI	QI	MA	EL	TS	JL	IQ	YV	VB	TQ	NY
啼	叫	喧	吵	乐	曲	肋	条	曙	光	良	好	称	心
TA	JA	IA	II	IG	IG	JH	JD	JY	QC	JT	GD	JF	UJ
长	虹	江	水	汪	汪	旱	晨	景	色	昨	天	时	间
TB	YA	G	JI	PU	GM	WB	WU	UG	RH	K	QJ	XF	VQ
季	度	一	晃	实	现	他	们	闰	年	中	旬	结	婚
UB	KR	JM	GC	YO	WX	CV	CW	NO	PW	V	SL	YW	O
闻	听	遇	到	变	化	艰	难	屡	空	发	楞	认	为
I	NB	PD	NR	MB	WY	YS	RB	RM	OL	WS	HH	IS	II
不	敢	害	怕	邮	信	订	报	抽	烟	休	止	洒	水
YK	EB	EN	RT	YB	GA	FH	YX	CL	YU	MR	BB	HH	HI
训	服	甩	手	离	开	直	率	劝	说	贩	子	止	步
BQ	ND	NN	DC	NG	HJ	IO	IR	PA	NY	BK	TQ	QB	RT
隐	居	忆	友	怀	旧	淡	泊	宽	心	职	称	凶	手
VF	RA	AD	SG	N	IF	RK	RL	AW	M	DT	W	SO	BM
寻	找	基	本	民	法	扣	押	共	同	帮	人	杰	出
WA	GE	LT	JG	SU	AA	UO	EY	FL	UM	I	NQ	UO	SJ
代	表	力	量	样	式	普	及	协	商	不	懈	普	查
XX	LU	WV	OD	SW	SJ	GQ	GE	WQ	WU	RE	XW	LW	IF
比	较	分	类	检	查	列	表	你	们	扔	给	办	法
RU	LT	SC	BV	DJ	WV	IJ	II	JO	FI	BT	II	TP	GJ
拉	力	权	限	百	分	浊	力	显	示	降	水	管	理
YN	FA	YN	VI	JV	SI	WD	YF	YF	AJ	TY	MM	WW	GO
记	载	记	录	归	档	估	计	计	划	入	册	从	来
RJ	FI	RJ	XM	AN	XN	GA	YT	GA	RD	UL	X	FU	LK
提	示	提	纲	世	纪	开	放	开	拓	曾	经	增	加
QU	GA	DF	BC	MU	GN	PJ	RX	XH	NF	AT	DQ	UH	UU
匀	开	夺	取	赠	与	审	批	引	导	攻	克	站	立

I VY RC CF IV PN HE PG UN PG WV SR YC WV
不 妨 反 对 当 官 肯 定 决 定 分 析 充 分
SM SQ ET W KG H DN YI TD QK UU AL LR PT
机 构 用 人 呈 上 成 就 知 名 立 功 斩 客
UM OG CR BC WY YQ QW QG KW E LY UH SK BH
商 业 牟 取 信 义 欠 钱 只 有 罚 站 可 耻
UK BW BU BY CY PL HK E EV FL NK VU VA XQ
部 队 联 防 驻 军 占 有 妥 协 避 嫌 毁 约
CD CM IP NU XO BD OQ QO ES NH TN YY LP BF
参 观 学 习 继 承 炮 灸 采 收 秘 方 边 际
VP PF TK WH AQ TV L BF K MD G XE Y RF
巡 守 各 个 区 委 国 际 中 央 一 级 主 持
VV TU EA TU AH EI AH TU FC RF UY NM WG WF
妇 科 肛 科 牙 膛 牙 科 支 持 六 届 全 会
EF OO LE IX EQ EM RY XT EJ MW EK TR MW TU
肝 炎 胃 涨 胸 肌 扩 张 胆 内 肿 物 内 科
K AX VO AP BS EU HM BB IV JV HA ME RRR SY
中 药 灵 芝 阿 胶 贞 子 当 归 虎 骨 白 术
RR ON GA EI RT SY QH TU
折 断 开 膛 手 术 外 科

5.1.5 三级简码的输入

三级简码的输入方法是：取这个字的第一、第二、第三个字根的代码，再敲空格键。选取时，只要该字的前 3 个字根能唯一地代表该字，就把它选为三级简码。这类汉字有 4400 个之多。此类汉字输入时不能明显地提高输入速度，因为在打了 3 码后还必须敲一下空格键，也就是要按 4 个键。但由于省略了最后的字根码或末笔字型交叉识别码，故对于提高速度来说，还是有一定帮助的。三级简码输入举例如图 5-3 所示。

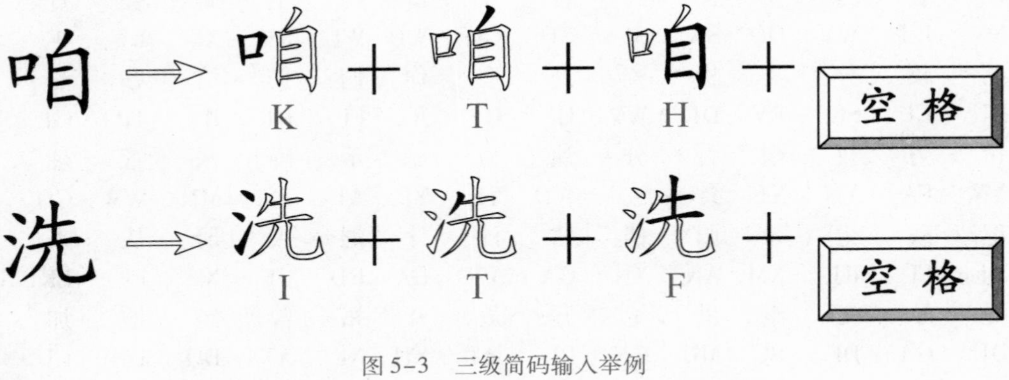

咱 → 咱 + 咱 + 咱 + 空格
K T H
洗 → 洗 + 洗 + 洗 + 空格
I T F

图 5-3　三级简码输入举例

另外,有时同一个汉字可有几种不同编码。例如“经”,就同时有一、二、三级简码及全码等4个输入码:经(X)、经(XC)、经(XCA)、经(XCAG)。这就为汉字输入提供了很大的方便。

针对训练

练习内容:三级简码练习。

练习方法:下面的三级简码是最常用的三级简码字,读者应反复练习,记住它们的输入方法,其他三级简码在练习中掌握即可。

AMD	YGK	FTX	JGM	UKN	FDM	GJQ	USR	XGU	YGK
英	语	老	师	总	需	更	新	母	语
FHN	PUV	YFJ	YJS	YGE	NNH	PGN	ADW	YFJ	YYQ
起	初	讲	课	请	书	写	其	讲	议
FTG	YAA	UDA	QAJ	WJG	GIP	UWY	YTF	GMF	FFH
考	试	差	错	但	还	准	许	再	填
RFC	SUQ	VCB	UQF	SVE	RND	WTK	WWW	APL	FCL
技	校	即	将	根	据	群	众	劳	动
NXF	WGQ	HKO	GFI	DJD	NTK	WSG	YCE	FCP	FCL
惯	例	点	球	非	属	体	育	运	动
GGI	FUJ	FHA	UDA	GJQ	FDM	RUV	EPC	FTG	CWG
环	境	越	差	更	需	接	受	考	验
PWW	JQR	YFJ	SYP	GHT	TGM	FWM	WIB	GHT	ICK
容	易	讲	述	政	策	规	范	政	治
FHW	SHN	TUJ	LTK	YMF	QEV	QFS	HXF	NTG	RFM
真	想	简	略	调	解	某	些	性	质
WTF	WSK	NGE	UKQ	FQU	FIY	UDG	WQA	IGE	WXM
任	何	情	况	均	求	减	低	清	货

用三级简码输入汉字时,每个汉字都需要4笔(前3笔的代码加空格),好像对于输入速度的提高无关紧要,但其最大的好处在于输入者无需辨认其末笔字型识别码,从这个角度来说,三级简码对于提高速度还是有很大的帮助的。

针对训练

练习内容:简码综合练习。

练习方法:读者根据括号中的提示输入常用1000字,从而达到熟悉简码和常用字输入的方法的目的。

常用1000汉字五笔字型输入练习

这1000字在普通文章中使用率极高,做完该习题,对文章中的单字输入就十分有把握了,要想提高输入速度,必须做好此习题。

要求:请输入下列常用字,每小段输入20遍后,再输入下一段。

注:下列汉字的简码用数字标出,“1”代表一级简码,“2”代表二级简码,以此类推。

的(1) 一(1) 是(1) 在(1) 了(1) 不(1) 和(1) 也(2) 经(2) 力(2) 线(2) 本(2)

电(2) 高(2) 有(1) 大(2) 这(1) 主(1) 中(1) 人(1) 上(1) 为(1) 们(2) 地(1)

个(2) 用(2) 工(1) 时(2) 要(1) 动(3) 国(1) 产(1) 以(1) 我(1) 到(2) 他(2)

会(2) 作(2) 来(2) 分(2) 生(2) 对(2) 于(2) 学(2) 下(2) 级(2) 义(2) 就(2)

年(2) 队(2) 发(1) 成(2) 部(2) 民(1) 可(2) 出(2) 能(2) 方(2) 进(2) 同(1)

行(2) 面(2) 说(2) 种(3) 过(2) 命(4) 度(2) 革(2) 而(3) 多(2) 子(2) 后(2)

自(3) 社(2) 加(2) 小(2) 机(2) 量(2) 长(2) 党(3) 得(2) 实(2) 家(2) 定(2)

争(2) 现(2) 所(2) 二(2) 起(3) 政(3) 三(2) 深(3) 法(2) 表(2) 着(3) 水(2)

理(2) 化(2) 好(2) 十(3) 战(3) 无(2) 农(3) 使(4) 性(3) 路(3) 正(3) 新(3)

前(2) 等(4) 反(2) 体(3) 合(3) 斗(3) 图(3) 把(3) 结(2) 第(2) 里(3) 两(4)

开(2) 论(3) 之(2) 物(2) 从(2) 当(2) 些(3) 还(3) 天(2) 资(4) 事(2) 批(3)

如(2) 应(3) 形(3) 想(3) 帛(3) 心(2) 样(2) 干(4) 关(2) 点(3) 育(3) 重(3)

都(4) 向(2) 变(2) 其(3) 思(2) 与(2) 间(2) 内(2) 去(3) 因(2) 压(3) 员(2)

件(3) 日(4) 利(3) 相(2) 由(2) 气(3) 业(2) 代(2) 全(2) 组(3) 教(3) 果(2)

期(4) 导(2) 平(2) 各(2) 月(4) 毛(3) 然(2) 问(3) 比(2) 或(2) 展(3) 它(2)

最(2) 及(2) 外(2) 没(2) 看(3) 治(3) 提(2) 五(2) 解(3) 意(3) 认(2) 次(3)

系(3) 林(2) 者(3) 米(2) 群(4) 头(3) 只(2) 明(2) 四(2) 道(4) 马(2) 又(3)

文(4) 通(3) 但(3) 条(2) 较(2) 克(2) 公(2) 孔(3) 领(4) 军(2) 流(3) 入(2)

接(3) 席(3) 位(3) 情(3) 运(3) 器(3) 并(2) 习(2) 质(3) 建(4) 教(4) 决(3)

原(2) 油(3) 放(2) 立(2) 题(4) 极(2) 土(4) 特(3) 此(2) 常(4) 石(4) 强(2)

区(2) 验(3) 活(3) 众(3) 很(3) 少(2) 已(4) 根(3) 共(2) 直(2) 团(3) 统(3)

式(2) 转(3) 别(3) 造(4) 切(2) 九(2) 你(2) 西(4) 特(2) 总(3) 料(2) 连(3)

任(3) 志(2) 观(2) 么(2) 七(2) 程(4) 百(2) 报(3) 更(3) 见(3) 必(2) 真(3)

保(2) 热(4) 委(2) 手(2) 改(3) 管(2) 处(2) 己(3) 将(3) 修(3) 支(2) 识(3)

病(3) 象(3) 先(3) 老(3) 光(2) 专(3) 几(2) 什(3) 六(2) 型(4) 具(2) 示(2)

复(3) 安(2) 带(4) 每(3) 东(2) 增(2) 则(2) 完(3) 风(2) 回(3) 南(2) 广(3)

劳(3) 轮(3) 科(2) 北(2) 打(2) 积(3) 车(2) 计(2) 给(2) 节(2) 做(3) 务(2)

被(4) 整(4) 联(2) 步(2) 类(2) 集(3) 号(3) 列(2) 温(3) 装(3) 即(3) 毫(3)

轴(2) 知(2) 研(3) 单(4) 色(2) 坚(3) 据(3) 速(4) 防(2) 史(2) 拉(2) 世(2)

设(3) 达(2) 尔(3) 场(4) 织(3) 历(2) 花(3) 受(3) 求(3) 传(4) 口(4) 断(3)

况(3) 采(2) 精(3) 金(4) 界(3) 品(3) 判(4) 参(2) 层(3) 止(2) 边(2) 清(3)

至(3) 万(3) 确(3) 究(3) 书(3) 低(3) 术(2) 状(3) 厂(3) 须(3) 离(2) 再(3)

目(4) 海(3) 交(2) 权(2) 且(2) 儿(2) 青(3) 才(2) 证(3) 越(3) 际(2) 八(3)

试(3) 规(3) 斯(4) 近(2) 注(2) 办(2) 布(3) 门(3) 铁(2) 需(3) 走(3) 议(3)

县(3) 兵(3) 虫(4) 固(3) 除(3) 般(3) 弓(2) 齿(3) 千(3) 胜(3) 细(2) 影(4)

济(3) 白(4) 格(2) 效(3) 置(4) 推(4) 空(3) 配(3) 刀(2) 叶(2) 率(2) 今(4)

选(4) 养(4) 德(3) 话(3) 查(2) 差(3) 半(2) 敌(3) 始(3) 片(3) 施(3) 响(3)

收(2) 华(3) 觉(4) 备(3) 名(2) 红(2) 续(3) 均(3) 药(2) 标(3) 记(2) 难(2)
存(3) 测(3) 土(4) 身(3) 紧(2) 液(3) 派(3) 准(3) 斤(3) 角(2) 降(2) 维(3)
板(3) 许(3) 破(3) 述(3) 技(3) 消(3) 底(3) 床(3) 田(4) 势(4) 端(4) 感(4)

往(3) 神(3) 便(3) 圆(4) 村(2) 构(2) 照(4) 容(3) 非(3) 搞(3) 亚(3) 磨(4)
族(4) 火(4) 段(3) 算(3) 适(3) 讲(3) 按(3) 值(4) 美(4) 态(3) 黄(3) 易(3)
彪(4) 服(2) 早(2) 班(3) 麦(3) 削(3) 信(2) 排(3) 台(2) 声(3) 该(4) 击(3)
素(3) 张(2) 密(3) 害(2) 候(3) 草(3) 何(3) 树(3) 肥(2) 继(2) 右(2) 属(3)
市(4) 严(3) 径(3) 螺(3) 检(2) 左(2) 页(3) 抗(4) 苏(3) 显(2) 苦(3) 英(3)
快(3) 称(3) 坏(3) 移(3) 约(2) 巴(3) 材(3) 省(3) 黑(3) 武(3) 培(3) 著(3)
河(3) 帝(2) 仅(3) 针(2) 怎(4) 植(4) 京(3) 助(3) 升(3) 王(4) 眼(2) 她(3)
抓(4) 含(4) 苗(3) 副(4) 杂(2) 普(4) 谈(3) 围(4) 食(3) 射(4) 源(3) 例(3)
致(4) 酸(3) 旧(2) 却(3) 充(2) 足(3) 短(3) 划(2) 剂(4) 宣(3) 环(3) 落(3)
首(3) 尺(3) 波(3) 承(2) 粉(2) 践(3) 府(3) 考(3) 刻(3) 靠(4) 够(4) 满(4)

夫(2) 失(2) 住(4) 枝(3) 局(3) 菌(3) 杆(3) 周(3) 护(3) 岩(3) 师(3) 举(3)
曲(2) 春(2) 元(3) 超(3) 负(3) 砂(2) 封(4) 换(2) 太(2) 模(3) 贫(3) 减(3)
阳(2) 包(2) 江(2) 扬(3) 析(2) 亩(3) 木(4) 言(4) 球(3) 朝(3) 医(3) 校(3)
古(4) 呢(3) 稻(3) 宁(2) 听(2) 唯(4) 输(3) 滑(3) 站(4) 另(2) 卫(2) 字(2)
鼓(4) 刚(3) 写(3) 刘(2) 微(3) 略(3) 范(3) 供(3) 阿(2) 块(3) 某(3) 功(2)
套(3) 友(2) 限(2) 项(3) 余(3) 倒(3) 卷(4) 创(3) 律(4) 雨(4) 让(2) 骨(2)
远(3) 帮(2) 初(3) 皮(2) 播(4) 优(3) 占(2) 促(3) 死(3) 毒(4) 圈(3) 伟(3)
季(2) 训(2) 控(3) 激(3) 找(2) 叫(2) 云(3) 互(2) 跟(3) 裂(4) 粮(3) 母(3)
练(3) 擦(4) 钢(3) 顶(3) 策(3) 双(2) 留(4) 误(3) 粒(3) 础(3) 吸(2) 阻(4)
故(3) 寸(4) 晚(2) 丝(3) 女(4) 焊(3) 攻(2) 株(3) 亲(2) 院(3) 冷(4) 彻(4)

弹(3) 错(3) 散(3) 尼(2) 盾(3) 商(2) 视(3) 艺(3) 灭(3) 版(4) 烈(4) 零(4)
室(3) 轻(2) 血(3) 倍(3) 缺(3) 厘(4) 泵(3) 察(4) 绝(3) 富(3) 城(2) 喷(3)
简(3) 否(3) 柱(3) 李(2) 望(4) 盘(3) 磁(2) 雄(3) 似(3) 困(2) 巩(3) 益(3)
洲(3) 脱(3) 投(3) 送(3) 奴(3) 侧(3) 润(4) 盖(3) 挥(3) 距(3) 触(4) 星(3)
松(3) 获(3) 独(3) 宫(2) 混(3) 纪(2) 座(3) 依(3) 未(3) 突(3) 架(3) 宽(3)
冬(3) 兴(2) 章(3) 湿(3) 伺(4) 纹(3) 执(3) 矿(3) 寨(4) 责(3) 阀(3) 熟(3)
吃(3) 稳(3) 夺(2) 硬(3) 价(3) 努(3) 翻(4) 奇(4) 甲(4) 预(3) 职(2) 评(3)
读(3) 背(3) 协(2) 损(3) 棉(3) 侵(3) 灰(2) 虽(2) 矛(3) 罗(2) 厚(3) 泥(3)
辟(3) 告(4) 卵(3) 箱(3) 掌(4) 氧(4) 恩(3) 爱(2) 停(3) 曾(2) 溶(4) 营(3)
终(3) 纲(3) 孟(3) 钱(2) 待(4) 尽(3) 俄(3) 缩(3) 沙(3) 退(3) 陈(2) 讨(3)

奋(3) 械(2) 胞(3) 幼(3) 哪(4) 剥(4) 迫(3) 旋(3) 征(3) 槽(4) 殖(3) 握(3)
担(3) 仍(2) 呀(2) 载(2) 鲜(3) 吧(2) 卡(3) 粗(2) 介(2) 钻(3) 逐(3) 弱(3)
脚(4) 伯(2) 盐(3) 末(2) 阴(2) 丰(2) 编(4) 印(3) 蜂(3) 急(3) 扩(2) 伤(3)
飞(3) 域(4) 露(4) 核(4) 缘(3) 游(4) 振(3) 操(3) 央(2) 伍(3) 甚(4) 迅(3)
辉(4) 异(3) 序(3) 免(4) 纸(3) 夜(3) 乡(3) 久(2) 隶(3) 缸(3) 夹(3) 念(4)

兰(3) 映(3) 沟(3) 乙(3) 吗(3) 儒(3) 杀(3) 汽(3) 磷(3) 艰(2) 晶(3) 插(3)
埃(3) 燃(4) 欢(3) 铁(3) 补(3) 咱(3) 芽(3) 永(3) 瓦(3) 倾(3) 阵(2) 碳(3)
演(3) 威(3) 附(3) 牙(3) 斜(4) 灌(4) 欧(3) 献(4) 顺(3) 猪(4) 洋(3) 腐(4)
请(3) 透(3) 司(3) 危(3) 括(3) 脉(4) 若(3) 尾(3) 束(3) 壮(3) 暴(3) 企(3)
菜(3) 穗(4) 楚(3) 汉(2) 愈(4) 绿(2) 拖(3) 牛(3) 份(3) 染(3) 既(3) 秋(2)
遍(4) 锻(3) 玉(2) 夏(3) 疗(3) 尖(2) 井(3) 费(3) 州(4) 访(3) 吹(3) 荣(3)
铜(4) 沿(3) 替(3) 滚(4) 客(2) 召(3) 早(3) 悟(4) 刺(4) 措(3) 贯(3) 藏(4)
令(3) 隙(4) 曳(3)

5.2 词组的输入

五笔字型中提供了输入词组的功能。输入词组时不需要进行任何转换，不需要再附加其他信息，可以与字一样用 4 码来代表一个词组。

5.2.1 二字词的编码规则

二字词在汉语词汇中占有相当大的比重。熟练地掌握二字词的输入是提高文章输入速度的重要一环。

二字词的取码规则为：分别取该词中第一个字的第一、二个字根代码和第二个字的第一、二个字根代码，组成 4 码，然后按顺序输入。二字词输入举例如图 5-4 所示。

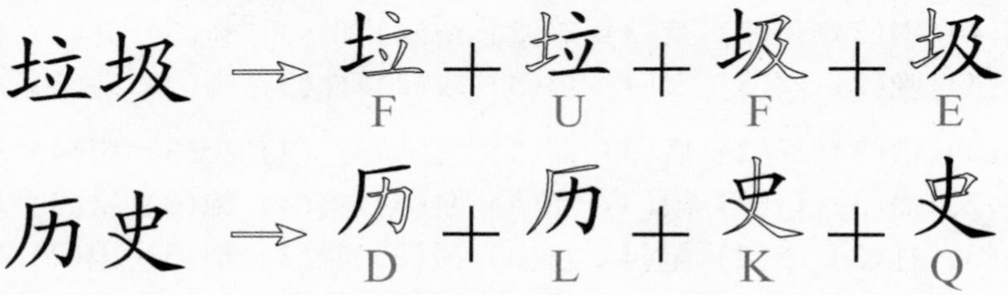

垃圾 → 垃 + 垃 + 圾 + 圾
F U F E

历史 → 历 + 历 + 史 + 史
D L K Q

图 5-4 二字词输入举例

注意事项

1）如果二字词中含有“键名字根”，则把键名字根所在的字母连打 2 下。如“工人”两个字都是键名汉字，它的编码为 AAWW，“目标”的“目”是键名汉字，因此拆成 HHSF。

2）如果二字词中含有“一级简码”，仍必须把它拆分，如“我们”的“我”拆成 TR。

3）输入二字词不用按空格键，因为输入二字词时已经输入了 4 个字母。

针对训练

练习内容:二字词中含有一级简码的练习

练习方法:反复输入以下用一级简码字组成的词,从而达到熟练记住这些特殊词的目的。

二字词中有一级简码的,在与其他字组词时,要使用其全码的前两码。二字词中一级简码的汉字拆分如表5-2所示。

表5-2　二字词中一级简码的汉字拆分表

一:一一	GG	地:土也	FB	在:ナ丨	DH	要:西女	SV	工:(键名字根)	AA
上:上丨	HH	是:日一	JG	中:口丨	KH	国:口王	LG	同:冂一	MG
和:禾口	TK	的:白勹	RQ	有:ナ月	DE	人:(键名字根)	WW	我:丿扌	RT
主:丶王	YG	产:立丿	UT	不:一小	GI	为:丶力	YL	这:文辶	YP
民:尸弋	NA	了:了乙	NB	发:乙丿	NT	以:乙丶	NY	经:纟ス	XC

练习以下用一级简码字组成的词

一	GGTM	GGTE	GGFH	GGSV	GGAV	GGGC	GGJG	GGXF	GGDM	GGWH
	一向	一般	一起	一概	一切	一致	一旦	一贯	一面	一个
地	FBFD	FBLT	FBAQ	FBGA	FBTE	FBYY	FBGJ	FBRV	FBSR	FFFB
	地震	地图	地区	地形	地盘	地方	地理	地势	地板	土地
在	GMDH	DHYW	DHPE	DHUJ	DHDH	PUDH	DHBK	DHGF	DHHX	DHMW
	现在	在座	在家	在意	存在	实在	在职	在于	在此	在内
要	GISV	TGSV	KWSV	EDSV	SVFI	SVGX	SVJC	SVHK	SVWY	FDSV
	还要	重要	只要	须要	要求	要素	要紧	要点	要领	需要
工	AAAD	AAPE	AAOG	AAUQ	AAWF	AAWT	AADG	AAAR	AAAN	AASG
	工期	工农	工业	工资	工会	工作	工厂	工匠	工艺	工本
上	HHYJ	HHYE	HHXE	HHWT	HHUP	HHUD	HHTU	HHTF	HHTA	HHSY
	上课	上衣	上级	上任	上帝	上头	上税	上午	上升	上述
是	JGDJ	GIJG	GFJG	YIJG	MYJG	GIJG				
	是非	还是	于是	就是	凡是	不是				
中	KHMD	KHAI	TDKH	KHTO	KHLG	ADKH	KHQH	KHUU	KHBW	KHWX
	中央	中东	适中	中秋	中国	其中	中外	中立	中队	中华
国	LGYT	LGLT	LGGK	LGYD	LGYL	LGCW	LGGG	GGLG	LGQH	LGSK
	国旗	国力	国事	国庆	国库	国难	国王	王国	国外	国歌
同	MGJE	MGFN	GIMG	MGUJ	DDMG	MGTF	MGTF	AWMG	MGNY	MGIP
	同盟	同志	不同	同意	大同	同行	同等	共同	同心	同学

和	TKRN	TKIM	TKGU	UKTK	TKAY	AWTK	IJTK	JETK	TKHF	TKYX
	气	和尚	和平	总和	和蔼	共和	温和	暖和	和睦	和谐
的	RQDQ	VBRQ	RQFG	HHRQ	WQRQ					
	确	好的	的士	目的	你的					
有	DEUW	DEPD	DEOV	HKDE	RNDE	DESM	AWDE	FTDE	KWDE	DEBV
	益	有害	有数	占有	所有	有机	共有	都有	只有	有限
人	WWPE	WWAA	IFWW	VBWW	WWUT	IUWW	WWKK	WWNA	WWOD	WWGK
	家	人工	法人	好人	人道	洋人	人口	人民	人类	人事
我	TRWU	WQTR	TDTR	THTR	TRLG	TRYY				
	我们	你我	敌我	自我	我国	我方				
主	YGYA	YGSV	YGYQ	YGRF	YGXT	YGSC	YGCM	YGQE	YGWS	YGJG
	主席	主要	主义	主持	主张	主权	主观	主角	主体	主题
产	UTJG	UTSC	UTOG	TGUT	RMUT	FUUT	UDUT	TRUT	DHUT	UTKK
	产量	产权	产业	生产	投产	增产	减产	特产	破产	产品
不	GIFU	GIJG	GITF	GIFP	GIWJ	GITP	FQGI	GICW	GICE	GICF
	不幸	不是	不行	不过	不但	不管	无不	不难	不能	不对
为	YLBN	DNYL	LDYL	WTYL	RNYL	TFYL	WVYL	YLCW	YLHX	YLHH
	为了	成为	因为	作为	所为	行为	分为	为难	为此	为止
这	YPHX	YPSU	YPWH	YPGH	YPHK	YPJF	YPJG	YPJF	YPLK	YPLP
	这些	这样	这个	这下	这点	这时	这是	这里	这回	这边
民	NAYG	NAYT	NAIF	NARG	NAUJ	GUNA	NASK	WWNA	PENA	IQNA
	民主	民族	民法	民兵	民间	平民	民歌	人民	农民	渔民
了	BNXF	BNQE	YLBN	LFBN	THBN					
	了结	了解	为了	罢了	算了					
发	NTMF	NTGM	NTNA	NHNT	NTDM	NTTF	NTWT	NTJE	NTYC	NTRN
	发财	发现	发展	收发	发布	发行	发作	发明	发育	发扬
以	NYYL	SKNY	TJNY	RNNY	CBNY	CWNY	NYGH	NYGO	NYQK	NYQH
	以为	可以	得以	所以	予以	难以	以下	以来	以免	以外
经	XCDL	XCIP	XCFP	MFXC	XCCW	XCMA	PYXC	XCGJ	XCAP	XCQI
	经历	经常	经过	财经	经验	经典	神经	经理	经营	经销

5.2.2 三字词组编码规则

三字词组的编码规则为：取前两个字的第一码，取最后一个字的前两码，共4码，然后按顺序输入。三字词组输入举例如图5-5所示。

电视台 → 电 + 视 + 台 + 台
J P C K

打印机 → 打 + 印 + 机 + 机
R Q S M

图 5-5　三字词组输入举例

5.2.3　四字词组编码规则

四字词组的编码规则为：取每个字的第一码，共为 4 码，再依次输入。四字词组输入举例如图 5-6 所示。

卧薪尝胆 → 卧 + 薪 + 尝 + 胆
A A I E

莫名其妙 → 莫 + 名 + 其 + 妙
A Q A V

图 5-6　四字词组输入举例

5.2.4　多字词组编码规则

多字词组是指多于 4 个字的词组，当词组的字数多于 4 个时编码规则为：取第一、第二、第三、最末一个字的第一码，共为 4 码，然后依次输入。多字词组输入举例如图 5-7 所示。

中央电视台 → 中 + 央 + 电 + 台
K M J C

可望而不可及 → 可 + 望 + 而 + 及
S Y D E

图 5-7　多字词组输入举例

针对训练

练习内容：常用词语练习。

练习方法：反复输入下面的常用词语，从而达到熟悉词语输入规则记住常用词汇输入方法的目的。

常用二字词练习

我们 他们 你们 北方 东方 南方 西方 保守 保护 保证 保险 保卫
保健 保存 保障 保留 保密 报名 报道 报表 报告 报销 报纸 成都
成本 成长 成立 补助 成交 成员 成绩 参观 参加 部分 部长 部队
长征 长度 长期 长城 宾馆 处分 处长 处处 出口 出生 出现 出来

常用三字词组练习

电视机 计算机 代办处 本世纪 百分比 自治区 专利法 印度洋 司令部
幼儿园 联系人 电气化 工业化 八进制 本报讯 常委会 大部分 自行车
展览会 知识化 研究所 拉萨市 卫生部 团支部 山东省 收录机 俱乐部
大学生 房租费 甘肃省 机械化 鉴定会 马克思 南昌市 气象台 日用品

常用四字词组练习

中国人民 中外合资 中国政府 中国银行 中央委员 中华民族 中国青年
社会主义 共产主义 形式主义 国际主义 爱国主义 唯物主义 集体主义
培训中心 调查研究 国民经济 高等院校 各级党委 政治面貌 国防大学
新华书店 少数民族 社会科学 天气预报 外部设备 文化水平 优质产品

常用多字词组练习

呼和浩特市 广播电视部 喜马拉雅山 新华通讯社 新技术革命
毛泽东思想 民主集中制 为人民服务 西藏自治区 人民大会堂
人民代表大会 中央人民广播电台 中央政治局委员 内蒙古自治区
宁夏回族自治区 国务院办公厅 中国人民解放军 中华人民共和国

5.3 造词

五笔字型输入法能以其输入速度快而获得广大用户的青睐，除了本身不同于其他输入法的特性外，还要归功于它强大的词组输入功能。

输入汉字时使用词语输入，尤其是使用适合自己特殊需要的自编词语，击4次键即可输入一长串汉字，可以极大地提高汉字的输入速度。下面就介绍常用的造词方法。

5.3.1 手工造词

用户对于自己经常使用的词语，可以通过系统提供的手工造词功能将这些词语定义到用户词典中，以加快常用词语的输入速度。同样也可以把自己不常用的词语删除。

1. 定义新词语

在五笔字型输入法的状态栏上单击鼠标右键，在弹出的快捷菜单中选择“手工造词”选项，系统将会弹出“手工造词”对话框，如图5-8所示。只要用户把自己要定义的词语输入到“词语”栏中，“外码”栏就会自动提示用户所定义词语的编码，用户也可以自己定义词语的编码，最后单击“添加”按钮，词语就会出现在对话框最下部的“词语列表”框内。这样，就可以完成对新词语的定义。下面来举例说明一下手工造词的过程。

图5-8　选择“手工造词”

例如，要造的词语为“快打教程”，操作步骤如下。

(1) 打开输入法快捷菜单，选择“手工造词”选项。

(2) 弹出“手工造词”对话框，如图5-9所示。

(3) 单击“造词”选项前的圆圈，选中造词功能。

(4) 在“词语”栏中分别输入“快打教程”4个字。

(5) 在“外码”栏中会出现与这个词语相对应的编码“nrft”。

(6) 单击“添加”按钮。词组就会被列入对话框下部的词语列表框中，如图5-10所示。

(7) 单击“关闭”按钮。

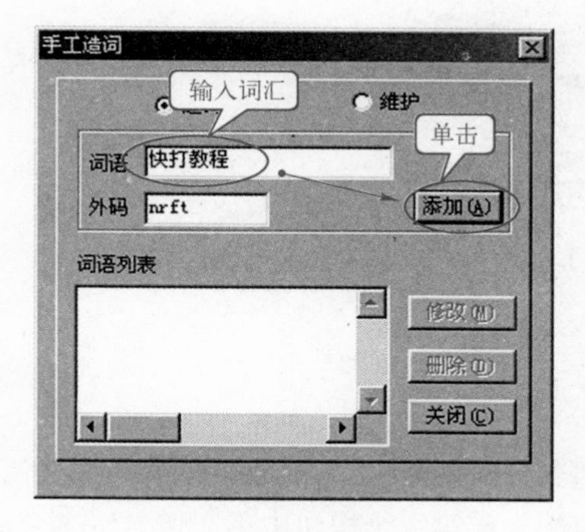

图5-9　“手工造词”对话框

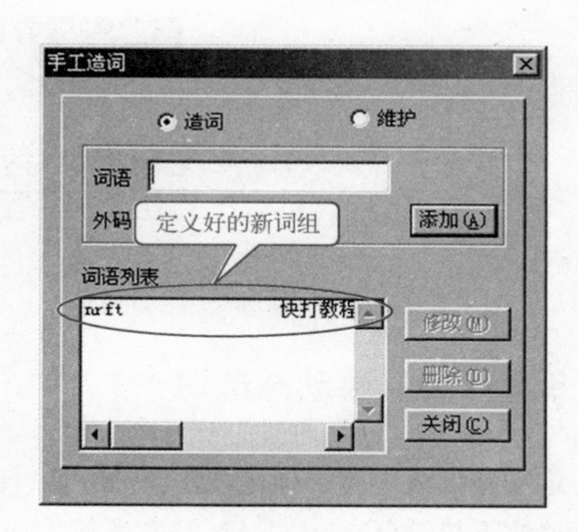

图5-10　添加完的词组

以后再要输入“快打教程”这个词语时，只要输入外码提示框中的外码“nrft”就可以直接输入了。

2. 修改或删除自造词语

在“手工造词”对话框中，单击“维护”选项，用户定义的所有词语都会出现在对话框下部的“词语列表”框内，如图 5-11 所示，这时用户就可以对词语进行删除。

修改词语的具体步骤如下。

1）打开“手工造词”对话框，选择“维护”选项。

2）在“词语列表”框中选择要修改的词语。

3）单击“修改”按钮，弹出“修改”对话框，如图 5-12 所示。

4）在对话框的“词语”栏可以修改词语，在“外码”栏中可以修改这个词语的编码。

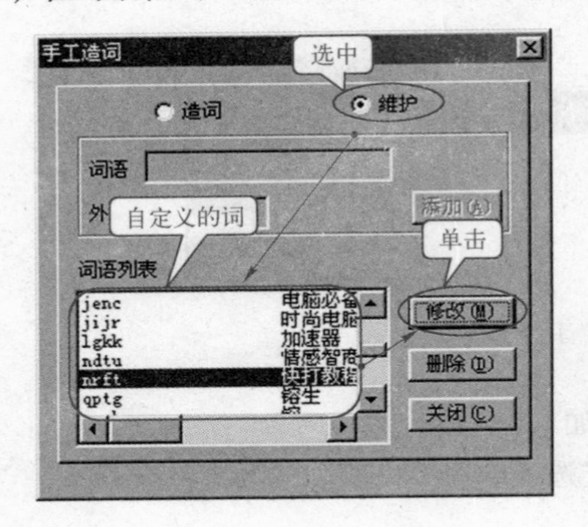

图 5-11 选择“维护”选项

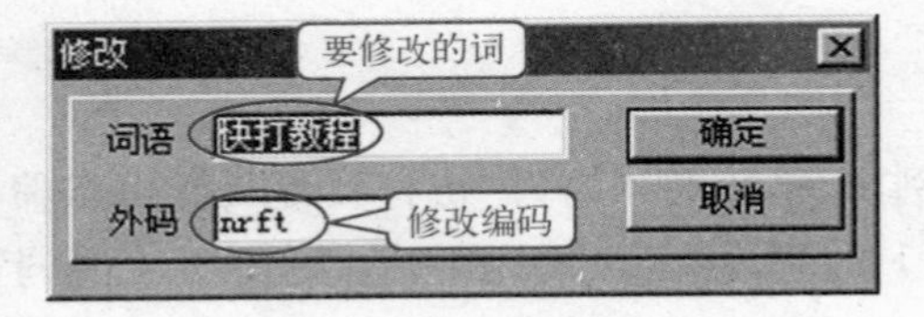

图 5-12 “修改”对话框

删除词语的具体步骤如下。

1）打开“手工造词”对话框，选择“维护”选项。

2）在“词语列表”框中选择要删除的词语。

3）单击“删除”按钮，词语就会被删除。如图 5-13 所示。

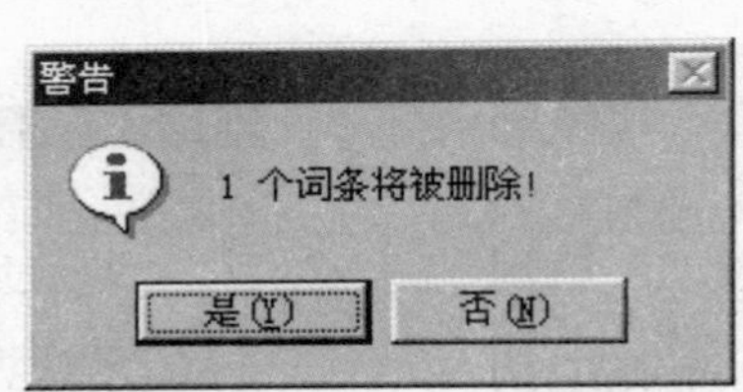

图 5-13 删除词条

5.3.2 屏幕动态造词

定义新词语还有一种比较快捷的方法，即当遇到词库中没有，却又是自己常用的词语时，可直接按下热键〈Ctrl + ~〉键，注意看输入法状态条，左端第一个按钮中英文切换钮变成了“词”如图 5-14 所示。

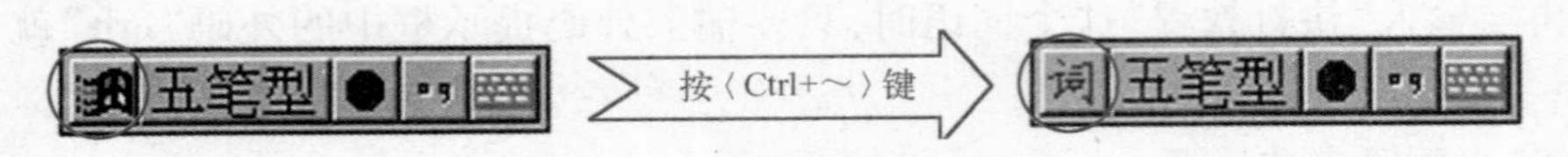

图 5-14 开始造词

再将要定义的词语逐字(或词)输入,如“五笔字型快打教程”,然后再次按下〈Ctrl + ~〉键,随即有一提示框出现,询问“是否将自定义词存入用户词库”,如图 5-15 所示,回车确认后词语就造好了。使用这一方法造词,比用鼠标单击“词”按钮要方便快捷,因为整个过程双手不需要离开键盘。

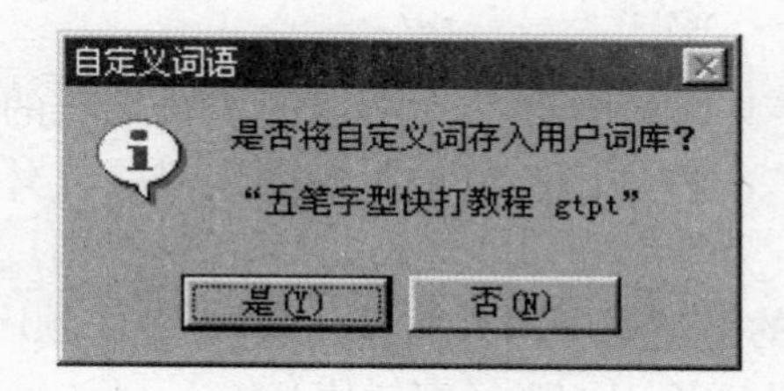

图 5-15　造词成功

注意事项

1) 词语输入后,用鼠标去单击“词”按钮无效,而只能按〈Ctrl + ~〉或回车键来实现造词。

2) 在造词过程中,无法人工干预造词词语编码。

3) 如果造词过程中出现了输入错误,不能把错字删掉,需要取消这次造词,重新来造。因为如果输入的字打到屏幕上后,即使删掉了,造词功能还是会把它加进去。

4) 造词过程中的字必须用该输入法输入,其他输入法或复制、粘贴文字无效。

5.4　重码和容错码

5.4.1　重码

重码就是指几个不同的汉字使用了相同的字根编码。例如在输入“去”字时会出现如图 5-16 所示的选单。

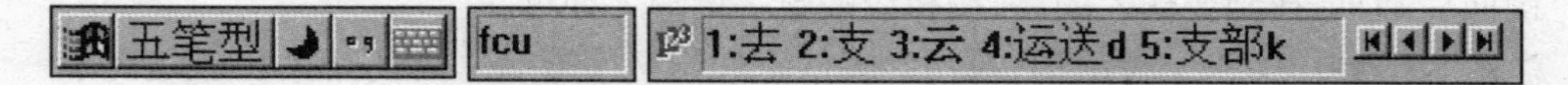

图 5-16　重码字

这时可用数字“1”选“去”字,用数字“2”选“支”字,用数字“3”选“云”字。

一个好的编码方案,既要求有较少的击键次数,又要求有较少的重码汉字。这两者之间是相互矛盾的,在五笔字型输入方法中,对重码汉字作了如下处理。

1) 输入重码汉字的编码时,重码字同时显示在提示行,而较常用的那个字排在第一个位置上,如果你输入的就是那个比较常用的字,那么只管继续输入别的汉字,这个字会自动跳到正常编辑位置上去;如果你输入的是不常用的字,则可根据它在屏幕底部提示行中该字的位置号按其相应的数字键,即可使它显示在编辑位置上。

2）在一级汉字中所出现的重码字中，我们将其不太常用的那个重码字的最后一码一律用24（即〈L〉）键代替，作为它的容错码。

5.4.2 容错码

容错码有两个涵义：其一是容易搞错的码，其二是容许搞错的码。"容易"弄错的码，容许按照错误的打，叫做"容错码"。容错码除可按正确的编码输入外，还允许使用错码输入。容错码可以分为以下几种。

1）拆分容错：个别汉字的书写顺序因人而异，因而拆分的顺序容易错。

例如：长，丿七丶（正确码）；长，七丿丶（容错码）。

2）字型容错：个别汉字的字型分类不易确定。例如，"右"确定识别码时正确的字型应该是2型字（上下型），也可以认为是3型字（杂合型），3型字为容错码。

3）方案版本容错：五笔字型的优化版本与原版本的字根设计有些不同。

4）定义扩展名：即把最后一码修改为24（L）的字。

5.4.3 〈Z〉键的使用

五笔字型的输入编码只用了〈A〉~〈Y〉共25个键，〈Z〉键上没有任何字根。但这并不意味着〈Z〉键没有用处。〈Z〉键在五笔字型输入法中，被称为"帮助"键，它能够代替任何一个还不明确的编码。若在输入汉字时，对某一个汉字的某一个编码不太确定，就可以用〈Z〉键来代替它。当使用了〈Z〉键后，会出现较多的重码，这时就要进行选择。

在"五笔字型"输入状态下输入汉字时应注意以下几点。

1）当不知道字如何拆时，可用〈Z〉键代替不会拆的部分。

2）当不知道字根在哪个键位上时，可用〈Z〉键代替。

3）当不知道字的"识别码"时，都可以用〈Z〉键代替不知道的那个字根。而且，一旦用〈Z〉键代替，相关字的正确码就会自动在字的后边提示。

例如，要输入"燃"字，只知道第一个字根"火"与最后一个字根是"灬"，当输入OZZO时，字根是"火"与最后一个字根是"灬"的字都显示出来。如果要选的字没有在首页显示，可按〈+〉键向后翻页，找到要输入的字，按相应的数字键输入即可。

总之，〈Z〉键作为一个帮助键，对初学者认识和记忆字根有一定的帮助。但是对于一个熟练的使用者，是不喜欢在重码汉字中进行选择的。所以随着录入水平的提高，使用〈Z〉键的机会也就变得越来越少。如果使用〈Z〉键查找难字，必须要设置"汉字编码提示"功能。

针对训练

练习内容：手指协调性练习。

练习方法：下面的训练内容是专为协调手指而设计的，实践证明，通过下面的练习，手指的协调性将大大提高。

要求：请输入以下汉字30遍。

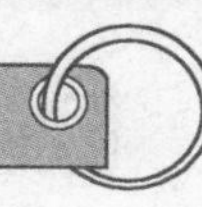

SH	AN	GH	AI	IA	HG	HS	ND	FK	SL	SI	DM	FN	BK	IC
相	世	下	东	江	睛	盯	居	吉	楞	档	面	志	职	汉
VN	FM	UD	WI	QO	AK	SM	EJ	WO	XN	CK	SO	AP	DL	EN
刀	南	关	偿	炙	或	机	胆	伙	纪	台	杰	芝	历	甩

针对训练

练习内容：常用字训练。

练习方法：通过反复输入下面提供的训练内容，可以快速提高连续输入的速度。

1. 地址的输入训练

ITH	YMHJ	AQ	EGC	TFFH	KHT	KGN	AWN	MHU	SOV	PGC	YNY	QFHW	XTE	SF	BW
省	市	区	县	街	路	号	巷	幢	楼	室	房	镇	乡	村	队

2. 金额输入训练

◆金额大写输入

FWYC	FPG	AFM	CDD	DV	WGG	BFM	IAS	RKLJ	GQY	RWGK
零	壹	贰	叁	肆	伍	陆	柒	捌	玖	拾

◆人民币单位输入

WV	QE	FQB	GKIH	WDJ	WTFH	DNV	WN
分	角	元	整	佰	仟	万	亿

3. 百家姓输入训练

百家姓在汉字输入中，使用频率较高，简码、全码和识别码都可以训练到，以下提供的百家姓可供读者训练和查阅。

FHQ	QG	BI	SB	MFK	KGD	UDB	GGG	UC	BA	PUFJ	BG	AUQ	IPQ	FJFH	SN
赵	钱	孙	李	周	吴	郑	王	冯	陈	褚	卫	蒋	沈	韩	杨
RI	DWT	DNV	YTF	WSK	KK	YTB	XT	BNN	GMA	GOD	WXF	QQQQ	TVR	BQR	UGV
朱	秦	尤	许	何	吕	施	张	孔	曹	严	华	金	魏	陶	姜
DHI	YTM	QVB	KWGJ	SRG	II	PWFD	UJJ	FCU	ALW	ITOL	AJQ	EXD	AIB	FKUE	YVCB
戚	谢	邹	喻	柏	水	窦	章	云	苏	潘	葛	奚	范	彭	郎
QGJ	FNH	JJ	CN	ALF	MC	AWX	YY	WGEJ	WTF	FKE	SQT	DHDB	QGQ	KQ	YVH
鲁	韦	昌	马	苗	凤	花	方	俞	任	袁	柳	酆	鲍	史	唐
XJM	YUVO	MWYN	AWNU	FLF	LKM	WVQ	INR	EUDI	RVN	LQ	XXF	FOB	QNGB	PV	IPKH
费	廉	岑	薛	雷	贺	倪	汤	滕	殷	罗	毕	郝	邬	安	常
QI	GF	JF	WGE	HC	YHU	YJJ	YVI	WGG	WTU	FQB	HHY	DB	BLF	GU	AMW
乐	于	时	傅	皮	卞	齐	康	伍	余	元	卜	顾	孟	平	黄
T	TRI	AVI	VTE	VIQ	VKB	IAD	IG	PYB	TFN	TKM	QTOY	OY	MHNY	JE	DND
和	穆	萧	尹	姚	邵	湛	汪	祁	毛	禹	狄	米	贝	明	臧
YF	WDY	DN	FALW	YOO	PSU	ACBT	YDX	CEXO	XN	WFKB	NBM	ADM	PYK	ATG	IVW
计	伏	成	戴	谈	宋	茅	庞	熊	纪	舒	屈	项	祝	董	梁

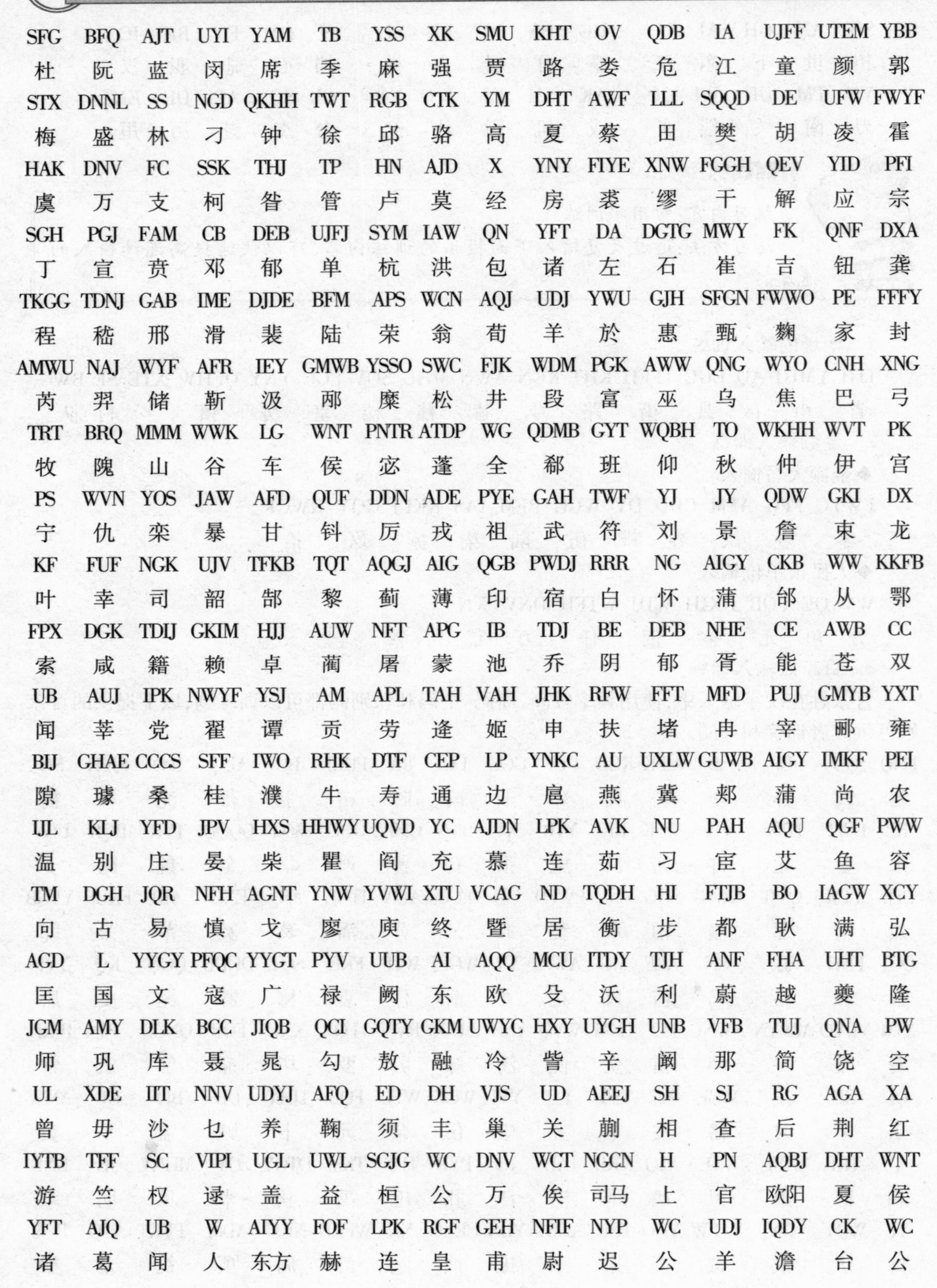

SFG BFQ AJT UYI YAM TB YSS XK SMU KHT OV QDB IA UJFF UTEM YBB
杜 阮 蓝 闵 席 季 麻 强 贾 路 娄 危 江 童 颜 郭
STX DNNL SS NGD QKHH TWT RGB CTK YM DHT AWF LLL SQQD DE UFW FWYF
梅 盛 林 刁 钟 徐 邱 骆 高 夏 蔡 田 樊 胡 凌 霍
HAK DNV FC SSK THJ TP HN AJD X YNY FTYE XNW FGGH QEV YID PFI
虞 万 支 柯 昝 管 卢 莫 经 房 裘 缪 干 解 应 宗
SGH PGJ FAM CB DEB UJFJ SYM IAW QN YFT DA DGTG MWY FK QNF DXA
丁 宣 贲 邓 郁 单 杭 洪 包 诸 左 石 崔 吉 钮 龚
TKGG TDNJ GAB IME DJDE BFM APS WCN AQJ UDJ YWU GJH SFGN FWWO PE FFFY
程 嵇 邢 滑 裴 陆 荣 翁 荀 羊 於 惠 甄 麴 家 封
AMWU NAJ WYF AFR IEY GMWB YSSO SWC FJK WDM PGK AWW QNG WYO CNH XNG
芮 羿 储 靳 汲 邴 糜 松 井 段 富 巫 乌 焦 巴 弓
TRT BRQ MMM WWK LG WNT PNTR ATDP WG QDMB GYT WQBH TO WKHH WVT PK
牧 隗 山 谷 车 侯 宓 蓬 全 郗 班 仰 秋 仲 伊 宫
PS WVN YOS JAW AFD QUF DDN ADE PYE GAH TWF YJ JY QDW GKI DX
宁 仇 栾 暴 甘 钭 厉 戎 祖 武 符 刘 景 詹 束 龙
KF FUF NGK UJV TFKB TQT AQGJ AIG QGB PWDJ RRR NG AIGY CKB WW KKFB
叶 幸 司 韶 郜 黎 蓟 薄 印 宿 白 怀 蒲 邰 从 鄂
FPX DGK TDIJ GKIM HJJ AUW NFT APG IB TDJ BE DEB NHE CE AWB CC
索 咸 籍 赖 卓 蔺 屠 蒙 池 乔 阴 郁 胥 能 苍 双
UB AUJ IPK NWYF YSJ AM APL TAH VAH JHK RFW FFT MFD PUJ GMYB YXT
闻 莘 党 翟 谭 贡 劳 逄 姬 申 扶 堵 冉 宰 郦 雍
BIJ GHAE CCCS SFF IWO RHK DTF CEP LP YNKC AU UXLW GUWB AIGY IMKF PEI
隙 璩 桑 桂 濮 牛 寿 通 边 扈 燕 冀 郏 浦 尚 农
IJL KLJ YFD JPV HXS HHWY UQVD YC AJDN LPK AVK NU PAH AQU QGF PWW
温 别 庄 晏 柴 瞿 阎 充 慕 连 茹 习 宦 艾 鱼 容
TM DGH JQR NFH AGNT YNW YVWI XTU VCAG ND TQDH HI FTJB BO IAGW XCY
向 古 易 慎 戈 廖 庾 终 暨 居 衡 步 都 耿 满 弘
AGD L YYGY PFQC YYGT PYV UUB AI AQQ MCU ITDY TJH ANF FHA UHT BTG
匡 国 文 寇 广 禄 阙 东 欧 殳 沃 利 蔚 越 夔 隆
JGM AMY DLK BCC JIQB QCI GQTY GKM UWYC HXY UYGH UNB VFB TUJ QNA PW
师 巩 库 聂 晁 勾 敖 融 冷 訾 辛 阚 那 简 饶 空
UL XDE IIT NNV UDYJ AFQ ED DH VJS UD AEEJ SH SJ RG AGA XA
曾 毋 沙 乜 养 鞠 须 丰 巢 关 蒯 相 查 后 荆 红
IYTB TFF SC VIPI UGL UWL SGJG WC DNV WCT NGCN H PN AQBJ DHT WNT
游 竺 权 逯 盖 益 桓 公 万 俟 司马 上 官 欧阳 夏 侯
YFT AJQ UB W AIYY FOF LPK RGF GEH NFIF NYP WC UDJ IQDY CK WC
诸 葛 闻 人 东方 赫 连 皇 甫 尉 迟 公 羊 澹 台 公

UCK PFI GHT IWO BJ IYB GF UJFJ GF DY HIC JHK NFT WC BI WKHH
冶 宗 政 濮 阳 淳 于 单 于 太 叔 申 屠 公 孙 仲
BI LF LFK WYC QTR QKHH YB PGF YYGY TA BI AJDN PWW QGU GF UKKD
孙 轩 辕 令 狐 钟 离 宇 文 长 孙 慕 容 鲜 于 闾
RGD NGK TFHY NGK PW FJJ PN NGK PFQC WMN HICH BB LG MDMM BI UMD
丘 司 徒 司 空 亓 官 司 寇 仉 督 子 车 颛 孙 端
SSSS AWW CN WC SGHG ISW MFKY QI GHD FYK CLG WC YV RD RDC GUW
木 巫 马 公 西 漆 雕 乐 正 壤 驷 公 良 拓 拔 夹
WWK PUJ WQU FPGC IVW GOGJ SSN UQVD IF IVG GHGB IWT QQW WDM FGGH DJ
谷 宰 父 彀 梁 晋 楚 闫 法 汝 鄢 涂 钦 段 干 百
JFD AI YBB FM UYH KT THP JV ITX UDJ TDD TMG TG RGM JMH XWN
里 东 郭 南 门 呼 延 归 海 羊 舌 微 生 岳 帅 缑
YMB UKQ RG E GGW IVW RGD DA RGD AI UYH SGHG UYHUM CR WFIU WBG
亢 况 后 有 琴 梁 丘 左 丘 东 门 西 门商 牟 佘 佴
WR IPKM FM PK LFOF KWG YWYO TJGF RH EP BJ WTUY TX GG YYY PYG
伯 赏 南 宫 墨 哈 谯 笪 年 爱 阳 佟 第 五 言 福

针对训练

练习内容:连续输入练习。

练习方法:计时输入下面两篇短文,看看每一遍的用时有多少提高。

短　文　一

五百里滇池,奔来眼底。披巾岸情,喜茫茫空阔无边!看东骧神骏,西翥灵仪;北走蜿蜒,南翔缟素。高人韵士,何妨选胜登临,趁蟹屿螺洲,梳裹就风鬟雾鬓更草天苇地,点缀些翠羽丹霞;莫辜负四围香稻,万顷晴沙,九夏芙蓉,三春杨柳。

数千年往事,注到心头。把酒凌虚,叹滚滚英雄谁在?想汉习楼船,唐标铁柱;宋挥玉斧,元跨革囊。伟烈丰功,费尽移山。尽珠帘画栋,卷不及暮雨朝云,便断竭残碑,都付与苍烟落照。只赢得几方个疏钟,半江渔火,两行秋雁,一枕清霜。

再如下面的文章,读者尝试一下,定时10分钟,进行5次练习。每练习一次,分析一下错在什么地方。5次练习结束后,总体分析一下,每次能输入多少字,每次错别字有多少。

短　文　二

前出师表(诸葛亮)

臣亮言:先帝创业未半,而中道崩殂,今天下三分,益州疲敝,此诚危急存亡之秋也。然侍卫之臣不懈于内,忠志之士忘身于外者,盖追先帝之殊遇,欲报之于陛下也。诚宜开张圣听,以光先帝遗德,恢弘志士之气,不宜妄自菲薄,引喻失义,以塞忠谏之路也。

宫中府中,俱为一体,陟罚臧否,不宜异同。若有作奸犯科及为忠善者,宜付有司论其刑赏,以昭陛下平明之理,不宜偏私,使内外异法也。

侍中、侍郎郭攸之、费祎、董允等,此皆良实,志虑忠纯,是以先帝简拔以遗陛下。愚以为宫中之事,事无大小,悉以咨之,然后施行,必得裨补阙漏,有所广益。

将军向宠,性行淑均,晓畅军事,试用于昔日,先帝称之曰能,是以众议举宠为督。愚以为营中之事,事无大小,悉以咨之,必能使行阵和睦,优劣得所。

亲贤臣,远小人,此先汉所以兴隆也;亲小人,远贤臣,此后汉所以倾颓也。先帝在时,每与臣论此事,未尝不叹息痛恨于桓、灵也。侍中、尚书、长史、参军,此悉贞良死节之臣,愿陛下亲之信之,则汉室之隆,可计日而待也。

臣本布衣,躬耕南阳,苟全性命于乱世,不求闻达于诸侯。先帝不以臣卑鄙,猥自枉屈,三顾臣于草庐之中,谘臣以当世之事,由是感激,遂许先帝以驱驰。后值倾覆,受任于败军之际,奉命于危难之间,尔来二十有一年矣。

先帝知臣谨慎,故临崩寄臣以大事也。受命以来,夙夜忧叹,恐付托不效,以伤先帝之明,故五月渡泸,深入不毛。今南方已定,兵甲已足,当奖率三军,北定中原,庶竭驽钝,攘除奸凶,兴复汉室,还于旧都。此臣所以报先帝而忠陛下之职分也。至于斟酌损益,进尽忠言,则攸之、祎、允等之任也。

愿陛下托臣以讨贼兴复之效,不效,则治臣之罪,以告先帝之灵。若无兴德之言,则责攸之、祎、允等之慢,以彰其咎;陛下亦宜自谋,以谘诹善道,察纳雅言。深追先帝遗诏,臣不胜受恩感激。

今当远离,临表涕零,不知所云。